تنکے کا سہارا

(افسانے)

غلام عباس

Tinkey ka sahara *(Short Stories)*

by: Ghulam Abbas

Edition: March '2025

Publisher :

Taemeer Publications LLC (Michigan, USA / Hyderabad, India)

ISBN 978-93-6908-278-0

9 789369 082780

کتاب	:	**تنکے کا سہارا** (افسانے)
مصنف	:	**غلام عباس**
صنف	:	فکشن
ناشر	:	تعمیر پبلی کیشنز (حیدرآباد، انڈیا)
سالِ اشاعت	:	۲۰۲۵ء
صفحات	:	۹۶
سرورق ڈیزائن	:	تعمیر ویب ڈیزائن

فہرست

تمہید

چند برس ہوئے ایک کہانی شائع ہوئی " آنندی "جس نے عباس کے لئے یکایک اردو کے بڑے افسانہ نگاروں میں جگہ پیدا کر دی ۔ اس افسانے نے پڑھنے والوں کے دل میں کئی سوال ازسرِ نو اجاگر کر دیئے ۔ کیا خیر و شر کا کوئی مجرد وجود ہے یا یہ دونوں محض اضافی اقدار ہیں ؟ کیا خیر کا نتیجہ ہمیشہ خیر ہی ہوتا ہے یا خیر کرنے والے اکثر بزرگ اپنی تمام نیک نیتی کے باوجود بے سمجھے بوجھے شر کا اِرتکاب کر بیٹھتے ہیں ؟ کیا ہماری تمام تہذیبی ترقی کا تانا بانا وہ عورت تو نہیں جو حقیر مزد کے بدلے ہماری ناگفتہ بہ خواہشات کی تسکین بہم پہنچاتی ہے ؟

اس کہانی میں غلام عباس نے اس عورت کے گرداگرد جس طرح

ایک شہر، ایک پورے شہر کی تعمیر منزل بمنزل دکھائی تھی۔ وہ ایک طرف تو پوری تہذیبی ترقی کی تمثیل تھی۔ دوسری طرف اخلاق کے ان نیک دل اور نیک نیت نگہبانوں پر ایک خندۂ تضحیک تھا، جو ہر تجربے کے باوجود یہ سمجھتے ہیں، کہ گناہ کو اگر شہر بدر یا انسان بدر کر دیا جائے تو ہمیشہ کے لئے روپوش ہو جاتا ہے، اور پھر کبھی سر نہیں اٹھاتا۔ جو یہ سمجھتے ہیں، کہ قانون کے ایک ہی تازیانے سے ہر بدی کو ہمیشہ کی نیند سُلایا جا سکتا ہے۔

یوں تو قحباؤں اور ان کی زندگی پر ہزاروں افسانے اور مقالے لکھے جا چکے ہیں، جن میں کہیں قحبہ کے وجود کو انسانی تہذیب کے دامن کا داغ بتایا گیا ہے، کہیں اس کے وجود کا جواز پیش کیا گیا ہے، اور کہیں اس کو قابلِ رحم اور مجبورِ ہستی جان کر درگذر کر دیا گیا ہے لیکن عباس کی یہ کہانی کسی ایسے نقطۂ نظر کی حامل نہ تھی۔ اس کی کئی کہانیوں میں قحبہ یا اغوا شدہ عورتیں یا مرد کے سامنے بے بس عورتیں آئی ہیں، لیکن کہیں بھی اس کا مقصد ان کی زندگی کا مطالعہ کرنا یا اس پر نیم اخلاقی نیم فلسفیانہ نقطۂ نظر سے خیال آرائی کرنا نہیں۔ بلکہ وہ ان کو محض بہانہ بنا کر مردِ ازلی طور پر خوش فہم مرد کی ہستی کے تضاد اور اس کی ذہنی ثنویت کا خاکہ اُڑاتا ہے۔

یہ اس کی کئی کہانیوں کا پسندیدہ موضوع ہے، کہ انسان اکثر ایسے عقائد اور خیالات سے وابستہ رہتا ہے جن کا جواز اسے خود بھی بشیتر نظر

نہیں آتا۔ ان عقائد اور خیالات کے باوجود اور ان ظاہری اعمال کے باوجود جو ان عقائد کی بنا پر انسان سے سرزد ہوتے ہیں؛ انسان کے دل میں طرح طرح کی مخفیہ آرزوئیں لرزتی رہتی ہیں جو معاشرت اور اردگرد کے دوسرے انسانوں کے بنائے ہوئے بندھنوں کی وجہ سے کھل کر ظاہر نہیں ہوتیں، محض چھپ چھپ کر دیکھتی رہتی ہیں۔ اور اس سے کبھی دانستہ اور کبھی بلے ارادہ وہ کام کراتی ہیں جو اس کے ظاہری عقائد سے ہم آہنگ نہیں ہوتا۔

غلام عباس ہمارے بہت سے جانے بوجھے افسانہ نگاروں سے بے حد مختلف ہے۔ اس کا فن نرم رو اور سبک سیر ہے۔ وہ منٹو کی طرح زندگی کے بخیے نہیں ادھیڑتا، وہ عسکری کی طرح کم عمری میں بالغ ہو جانے والے بچے کی طرح چھپے روزنوں میں سے زندگی کو نیم برہنہ نہیں دیکھتا۔ وہ عزیز احمد کی طرح ناکام مصلح بن کر کسی فاسد انا کی تسکین بھی نہیں کرتا۔

غلام عباس محض چھوٹے آدمی کا داستان گو ہے، اسے کبھی وہ شہر کے کسی دور افتادہ محلے میں جا ڈھونڈتا ہے اور کبھی کسی گاؤں سے جا نکالتا ہے۔ سب سے پہلے اس کے گرد و پیش کی تصویر کھینچتا ہے، کیونکہ اس کے لئے یہ تصوّر کرنا بھی ممکن نہیں کہ کوئی انسان ماحول سے الگ تھلگ اپنے اندر ہی زندگی بسر کر رہا ہو۔ اس کا کوئی کردار اپنے آپ میں سرمست نہیں، بلکہ اپنے ماحول کا لازمی جزو ہے، پھر ہمیں اس کے ظاہری حُلیے لباس اور حرکات و سکنات سے پُوری تفصیل کے ساتھ آگاہ کرتا ہے، تاکہ اس کی معاشرتی حیثیت ہمارے ذہن نشین ہو جائے۔ اس کے

بعد کہانی میں اس کے عمل اور گفتگو سے اس کے تمام خدوخال کی ایسی واضح تصویر ہمارے سامنے آنے لگتی ہے کہ اس کا ایک ایک پہلو ہم پر روشن اور اجاگر ہو جاتا ہے، غلام عباس نے اپنی کہانیوں میں شہروں کے گمنام محلّوں اور ان کے مکانوں کی نہایت دلآویز تصویریں پیش کی ہیں، جو اس کے کرداروں کے لئے عقبی پردے کا کام دیتی ہیں۔

پھر اس کے اکثر کرداروں کے وجود میں ایک عجیب وغریب ثنویت یا دُہراپن ہے، ان کا ایک چہرہ اکثر دکھاوے کے لئے ہوتا ہے جس کی حیثیت گویا خطیب کی چرب زبانی کی ہے، جس سے وہ لوگوں کے دِل موہنے کی کوشش کرتا ہے۔ دوسرا چہرہ ان کے دل کا آئینہ ہوتا ہے دل کی ان چھپی ہوئی خواہشات کا آئینہ جو ہر بندھن سے آزاد رہنا چاہتی ہیں۔ عباس کے کرداروں کی یہی ثنویت کبھی اخلاق کی پابندی، اور اخلاق کی آزادی کی کشمکش بن جاتی ہے، اور کبھی جدید وقدیم کے ٹکراؤ کی صورت میں ظاہر ہوتی ہے، تاہم اس کے کردار دھوکا نہیں کرتے دیانت داری سے "گناہ" کے مرتکب ہوتے ہیں، اور محض اپنی ازلی انسانی مجبوریوں کی وجہ سے! ان کی بظاہر بے حیائی میں بھی اکثر ان کی زندہ دلی بدستور قائم رہتی ہے، جیسے "سرخ جلوس" کے ریاض میں یا ڈائری والے مکرجی میں۔

اس ثنویت کی بنا پر ہمیں غلام عباس کی اکثر کہانیوں میں ایسے

دو دو کردار نظر آتے ہیں، جو بڑی حد تک ایک دوسرے کے متوازی چلتے ہیں، اس حد تک متوازی بھی نہیں کہ کبھی ایک دوسرے کا راستہ تک نہ کاٹیں، لیکن دونوں کرداریوں ساتھ ساتھ آویزاں ہوتے ہیں، جیسے ترازو کے دو پلڑوں میں رکھ دیئے گئے ہوں، مثلاً "بردہ فروش" کے دو بڈھے۔ "اس کی بیوی" میں نجمی اور نسرین۔ "سایہ" کے شمشاد اور مختار۔ اور "بھنور" کی بہار اور گل۔ "غازی مرد" میں چراغ بی بی اور رحمتے یا چراغ بی بی اور گلنار۔ "مکرجی بابو کی ڈائری" میں نوکیتی لڑکیاں ایک ہی تار سے لٹک رہی ہیں۔ یہاں ثنویت کلیت میں تبدیل ہو جاتی ہے۔ "ایک دردمند دل" میں یہ ثنویت دو مشاغل، یعنی علم و فن کی کشمکش کی صورت میں اور "دو تماشے" میں ایک ہی آدمی کے دو گانہ رویّے میں ظاہر ہوتی ہے۔ اس کے برعکس "تنکے کا سہارا" میں حاجی صاحب اور امام نورالہدیٰ گویا ایک ہی آرزو کے دو پہلو ہیں غلام عباس اپنے کرداروں پر اپنی اس دوہری نگاہ سے ایک طرح دوہری طنز پیدا کرتا ہے، ان دونوں کو تھوڑی دور دوش بدوش چلاتا ہے، پھر الگ کر لیتا ہے پھر وہ ایک دوسرے کے ساتھ ساتھ چلنے لگتے ہیں اور اس طرح ان کی شخصیت اصلی شخصیت کا کھوکھلا پن، اس کی ظاہرداری اور اس کے نہفتہ جھوٹ کی آہستہ آہستہ پردہ دری کرتا چلا جاتا ہے۔ اس کے اکثر کردار دل میں وہ باتیں چھپائے پھرتے ہیں، جنہیں وہ اپنے آپ پر بھی ظاہر کرنے کی جرأت نہیں رکھتے

اور اپنی اس کشمکش کے باوجود اخلاقی اعمال یا ان کی خواہش ان کے ضمیر کی گہرائیوں میں سنگِ گراں بن کر پڑی رہتی ہے۔

غلام عباس پُر امن، پُر آہنگ گھریلو زندگی کا فنکار ہے، جس میں بعض دفعہ ایسے غلط سُر بھی اُٹھنے لگتے ہیں جو اس آہنگ کو برہم کر دیتے ہیں۔ خوبصورت رستے۔ بستے گھر موت سے اُجڑ جاتے ہیں۔ پیارے پیارے بچے ناگہاں زندگی کے گرداب میں پھنس جاتے ہیں۔ یوں معلوم ہوتا ہے جیسے عباس ان بدنصیب عورتوں کے لئے بھی پُر امن زندگی کا خواہاں رہتا ہے جو اخلاقی یا معاشرتی نقطہ نظر سے راندی گئی ہیں، وہ نہیں چاہتا کہ کوئی ایسا شخص جو خود نفسیاتی برہمی کا شکار ہو ان کی زندگی میں کوئی ناقابلِ برداشت ہیجان پیدا کر کے چلا جائے، وہ نہیں چاہتا کہ ان کی زندگی جو معاشرت اور عالم انسانی کے روزمرہ کے بندھنوں سے آزاد ہو چکی ہے، پھر ان میں جکڑ دی جائے وہ اس نیکی اور اس احسان کا بھی حامی نہیں جو انسانی فریضے کی صورت میں نازل ہو اور دوسرے انسانوں کو مجبور اور مظلوم بنا کر چھوڑ دے، وہ اس کا مخالف ہے، کہ کسی انسان کی طبعی صلاحیتوں پر وہ بار ڈالا جائے جو خود ایک عظیم گناہ بن کر رہ جائے۔

یوں تو غلام عباس کے سبھی کردار زندگی کے تمام دُکھوں کے ساتھ ہر قدم پر مصالحت کرنے کے عادی ہیں، اور زندگی کے دھارے کے ساتھ ساتھ بہنے ہی کو اپنے لئے راہِ نجات جانتے ہیں لیکن اس کے افسانوں کی قریب قریب سبھی عورتیں خاص طور پر مَرد کی "خدمت گذا"

(چراغ بی بی) مَرد کی خواہشات کے سامنے بے بس (بیوہ سیدانی) اس کے اصلی یا خیالی دُکھ درد کی داستان سُن کر گداز ہوجانے والی (نسرین) یا مَرد کو ہر حالت میں خُدا کی دین سمجھنے والی (بہار) نظر آتی ہیں۔ تاہم عباس ان افسانہ نگاروں میں نہیں، جو مَرد کو ہمیشہ عورت کے حق میں رہزن ثابت کرتے رہتے ہیں۔ بلکہ اس کے مَردانہ کردار دل میں کچھ ہی کیوں نہ رکھتے ہوں، بظاہر اکثر عورت کے محافظ بھی ہیں۔ یوں نہیں کہ ان کی حیوانی خواہشات سرے سے دب گئی ہوں، لیکن چاہے کبھی مذہب، اور کبھی معاشرت کی آڑ لے کر وہ بے بس مجبور عورت کے نگہبان اور خیراندیش ضرور بن جاتے ہیں، اور اس کو ہر قسم کی اذیت سے بچانے کے لئے ہر طرح کے جائز ناجائز اعمال کو رَوَا رکھتے ہیں، وہ عورتیں خود ہر حالت میں مَرد کے ساتھ نباہ کی قائل ہیں۔ اور اس سے الگ ہونا انہیں اکثر گوارا نہیں ہوتا۔ گناہ اس کے کسی کردار کا پیچھا نہیں کرتا۔ وہ سب کے سب جائز و ناجائز کو زندگی کی تفریح اور لذّت کا جزو سمجھتے ہیں۔ جیسے اس کے بغیر زندگی کے کھوکھلے اور سونے ہوجانے کا ڈر ہو۔ اس کے کرداروں میں کہیں ایسے نوجوان ہیں، جن کی آرزوئیں دِل کی دِل میں رہ جاتی ہیں، کہیں وہ جو ایک آئینے میں دو صورتیں دیکھ کر دِل بہلا لیتے ہیں، جو ردتے ہیں، تو ایک عورت کے کندھے پر سر رکھ کر، اور پرستش کرتے ہیں، تو دوسری عورت کی، جن میں ایک غائب ہے اور دوسری

حاضر ہے، اور دونوں ایک دوسری میں مخلوط ہوتی چلی جاتی ہیں۔
کہیں وہ ادھیڑ عمر کے مرد ہیں، جو کسی مجبور عورت پر رحم کھا کر اس سے عقد کر لیتے ہیں، کہیں وہ جو دوسروں پر احسان کرنے کی کوشش میں دن رات ایک کر دیتے ہیں، اور پھر اس احسان کو بھلا دینا بھی انہیں گوارا نہیں ہوتا۔ وہ عمر رسیدہ لوگ ہیں، جو زندگی کی دوڑ میں نئی پود سے پیچھے رہ گئے ہیں۔ اور اس کا غصہ ایک ایسے غریب پر نکالتے ہیں، جسے وہ اپنے خیال میں فضول جدیدیت کی تمثیل سمجھتے ہیں، پھر وہ غریب لوگ ہیں، جو روایتی انداز میں امیروں کی خدمت گذاری کو اپنی پوری زندگی کا مقصد بنا لیتے ہیں۔ ایسے تعلیم یافتہ لوگ جو ان بڑھوں کی کمزوری سے ناجائز فائدہ اٹھا کر ان کے کرتا دھرتا بن جاتے ہیں۔ ایسے لوگ جنہیں بعض دفعہ چھوٹے چھوٹے لالچ دوست داری کے اصولوں سے بھی منحرف کر دیتے ہیں۔

مجھے بعض دفعہ یوں محسوس ہوتا ہے، کہ غلام عباس کے افسانوں کے ہیرو اس کے افسانوں کے لیے اتنے اہم نہیں جتنے وہ ضمنی کردار جن سے اس کے افسانوں کے اندر زندگی کا پورا میلہ صورت پکڑتا ہے، اس میلے میں طرح طرح کے لوگ آتے جاتے ہیں۔ سرکاری افسر، کلرک، فن کار، کالجوں کے طلبا اور طالبات، اخباروں کے نمائندے، نرسیں، اینگلو انڈین لڑکیاں، مزدوری پیشہ لوگ، بیمہ ایجنٹ، خوانچہ فروش، عشق میں شعر کہنے والے،

گودیوں کھلانے والے پرانے نوکر اور مامائیں، نمازی پرہیزگار، کسان وغیرہ وغیرہ۔ غلام عباس کی دنیا اس بے پناہ خلقت سے بھری پڑی ہے، انہیں میں سے وہ اپنے بڑے کرداروں کو نکالتا ہے اور انہیں کے اندر انہیں پھر سے ڈال دیتا ہے۔ انہیں کی مدد سے وہ انسانی دُنیا کی چھوٹی بڑی کوتاہیوں پر ہنستا ہے، انہیں کے اعمال سے غلام عباس اپنا یہ بنیادی تصور ہم پر واضح کرنا چاہتا ہے کہ انسان کی دُنیا میں کوئی چیز اور کوئی قدر مستقل نہیں۔ انسان ہمیشہ سے دوسرے انسان کی حیلہ سازیوں کے سامنے بے بس چلا آرہا ہے اور ان حیلہ سازیوں سے محفوظ رہنے کا بہترین طریقہ یہی ہے، کہ انسان شر کو بھی خیر کے پہلو بہ پہلو جگہ دے، تاکہ دونوں کے آہنگ سے دُنیا زیادہ خوب صورت اور زیادہ رنگین ہوتی چلی جائے۔

یہ کتاب غلام عباس کے افسانوں کا ایک مجموعہ ہے۔ جیسے پہلے مجموعہ "آنندی" میں کئی افسانے، "آنندی" "جواری" "حمام میں" "کتبہ" اُردو ادب میں لازوال مقام رکھتے ہیں۔ اسی طرح اس مجموعے کی کہانیاں "سایہ" بردہ فروش" "اُس کی بیوی" "غازی مرد" "باجے والا" یقیناً زندہ جاوید رہیں گی۔ کیونکہ اُردو ادب کے اس دَور میں جب اکثر ادیب محض جوش و خروش کے سہارے زندہ ہیں، خواہ وہ سیاسی عقائد کی حمایت یا مخالفت میں، یا جنسی نظریات کے اظہار کی صورت میں نمودار ہو

غلام عباس ہی غالباً وہ واحد افسانہ نگار ہے، جس کا فن انسانی زندگی کے رنگارنگ مسائل کو احاطہ کرتا ہے، جسے زندگی سے گہری محبت ہے، اِتنی گہری محبت کہ نہ وہ اس کے بخیے اُدھیڑتا ہے، نہ اسے ننگا کرتا ہے نہ اپنی اَنا سے اسے مرعوب کرتا ہے، بلکہ زندگی کو اپنا محرم راز جانتا ہے۔ اس سے سرگوشیاں کرتا ہے، اور اس کی سرگوشیاں سُنتا ہے۔

ن۔م۔راشد

کراچی

۲۴۔ جولائی۔ ۱۹۶۰ء

بھنور

اللہ کے کچھ بندے ایسے بھی ہیں جن کے لئے صوم وصلوٰۃ کا پابند ہونا ہی کافی نہیں ہوتا. بلکہ وہ اپنے مذہبی ولولے کی تسکین کے لئے اس سے کہیں سوا چاہتے ہیں. ان کی تمنا ہوتی ہے کہ جس نور سے ان کا سینہ روشن ہے اس کی کرن دوسروں تک بھی پہنچے. وہ گمراہوں کی ہدایت کے لئے خطرناک جگہوں پر بھی جانے سے نہیں گھبراتے. انہیں نہ جان کا خوف ہوتا ہے نہ جگ ہنسائی کا. بلکہ وہ اس کام کو فریضہ سمجھ کر ادا کرتے ہیں۔

حاجی شفاعت احمد خاں ایسے ہی دینداروں میں سے تھے. پچاس کے لگ بھگ سن. بھاری بھرکم جسم مگر خوب گٹھا ہوا معلوم ہوتا تھا کہ جوانی میں کبھی کسرت سے شوق رہا ہوگا. سُرخ وسفید رنگ، چوڑا چہرہ، کرڑبڑی ڈاڑھی مگر خوب بھری ہوئی. آنکھیں بڑی بڑی شربتی رنگ کی جن میں ہر وقت سرخی جھلکتی رہتی. چہرے پر ایک جلالی کیفیت. لباس ان کا عموماً یہ ہوتا. خالی رنگ کی شلوار. خالی رنگ کی قمیص. چارخانے کپڑے کا کوٹ. پاؤں میں نری کا جوتا جو ہمیشہ گرد سے اٹا رہتا. سر پر سفید صافہ کُلاہ پر بندھا ہوا. ہاتھ میں موٹے بید کی چھڑی. غرض لباس اور شکل وصورت سے وہ اچھے خاصے مردِ مجاہد معلوم ہوتے تھے۔

حاجی صاحب صبح کو شہر کے ایک سرے سے جو گشت شروع کرتے تو شام ہوتے ہوتے پورے شہر کو جیسے کھنگال ڈالتے ان کے جاننے والوں کا کوئی شمار نہ تھا. قدم قدم پر علیک سلیک ہوتی رہتی کبھی پاؤ پاؤ گھنٹے سڑک کے کنارے ہی تلقین و ہدایت کا سلسلہ جاری رہتا. کبھی کوئی جان پہچان والا کسی ضرورت سے ساتھ لے جاتا

مگر گھنٹے ڈیڑھ گھنٹے کے بعد وہ پھر گشت میں مصروف دکھائی دینے لگتے۔

وہ اپنی دین داری اور بزرگی کی وجہ سے بڑے ہردل عزیز تھے۔ یہاں تک کہ شہر کے حکام بھی انکی عزت کرتے تھے۔ کبھی محلے کا کوئی آوارہ مزاج لڑکا جوا کھیلنے یا کسی اور فعلِ شنیعہ کے الزام میں پکڑا جاتا تو اس کا باپ حاجی صاحب ہی کی پناہ لیتا۔

"حضور۔ اس نالائق کے ہاتھوں سخت عاجز آگیا ہوں میں نے تو کبھی کا عاق کر دیا ہوتا مگر اس کی بدنصیب ماں کچھ کرنے نہیں دیتی۔ جب سے سنا ہے کہ حوالات میں بند ہے سر پیٹ پیٹ کر بُرا حال کر لیا ہے۔۔۔۔"

اور حاجی صاحب کی سفارش پر تھانے دار معمولی سی تنبیہہ کے بعد لڑکے کو رہا کر دیتا۔

ان کے رسوخ کی ایک وجہ یہ بھی تھی کہ کسی زمانے میں وہ خود بھی شہر کے اہلکاروں میں سے تھے۔ شروع ہی سے وہ نیک دل اور منکسر المزاج واقع ہوئے تھے۔ سادگی سے زندگی بسر کرتے تھے۔ اسی کا نتیجہ تھا کہ انھوں نے ہر مہینے تھوڑی تھوڑی رقم پس انداز کر کے ایک چھوٹا سا گھر بنا لیا تھا۔ جب انھیں نوکری کرتے بیس برس ہو گئے تو حج کا شوق ہوا۔ اس فریضہ سے فراغت پا کر ہنسی خوشی وطن لوٹے تھے کہ اچانک ایک المناک حادثہ ان پر گزرا۔ ان کا اکلوتا بیٹا جس کی عمر اٹھارہ برس کی تھی ہیضے کا شکار ہو کر چوبیس گھنٹے کے اندر اندر چل بسا اور پھر اس کے دو ہی دن بعد اس کی ماں بھی جسے بیٹے کی تیمار داری میں چھوت لگ گئی تھی، اس کے پاس پہنچ گئی۔ اس واقعہ کا ان کے دل پر ایسا گہرا اثر ہوا کہ انھوں نے علائق دنیوی سے منہ پھیر لیا۔ اور باقی عمر ہدایت اور تبلیغ کیلئے وقف کر دی۔

اسی زمانے میں ان کے سر میں یہ دھن سمائی کہ رنڈیوں کی اصلاح کی جائے۔ بھلا قحبہ خانوں سے بڑھ کر معصیت کے اڈے اور کون سے ہو سکتے ہیں۔ چنانچہ ان کا دستور تھا کہ ہر جمعرات کی شام وہ قرآن مجید سبز جزدان میں رکھ، سینے سے لگا رنڈیوں کے بازار کا رُخ کرتے اور انہیں گناہوں سے توبہ کرنے اور نیک راہ پر چلنے کی ہدایت کرتے۔ رفتہ رفتہ اُن عورتوں کے گھروں میں ان کی آمد و رفت ایک معمول بن گئی۔ ان کی صورت دیکھتے ہی گانا بجانا بند کر دیا جاتا اور انکے پند و نصائح کو خاموشی سے سنا جاتا۔ اس کے بعد گھر کی کوئی بڑی بوڑھی یا نائکہ ایسے

لہجہ میں جو ہوتا تو نرم مگر طعن سے خالی نہ ہوتا، کہتی :

"حضرت اپنے شوق سے تو ہم یہ گناہ کرتے نہیں۔ یہ دوزخ جو لگا ہے۔ اس کو بھی تو بھرنا ہے آپ ہماری گزر بسر کا انتظام کر دیجئے۔ ہم آج ہی اس پیشے کو چھوڑے دیتے ہیں۔ مگر انتظام معقول ہونا چاہیے ماماگیری تو ہم کرنے سے رہے۔" اور یوں انھیں وقتی طور پر ٹال دیا جاتا۔

مگر کبھی کبھی ان گھروں میں حاجی صاحب کی تحقیر بھی خوب ہوتی اور انھیں گناہ اور بے حیائی کے ایسے ایسے منظر دیکھنے پڑتے کہ شرم سے نظریں جھکا لینی پڑتیں۔ ایک دفعہ ایک کوٹھے پر کسی ضیافت کا اہتمام تھا۔ بدقسمتی سے حاجی صاحب وہاں پہنچ گئے۔ ان کو دیکھنا تھا کہ ایک قحبہ نے جس کے منہ سے شراب کے نشے میں رال ٹپک رہی تھی، لپک کر ان کے گلے میں باہیں ڈال دیں اور ان کی لمبی داڑھی کے پے درپے بوسے لینے شروع کر دیئے۔ پھر وہ لڑکھڑائی ہوئی آواز میں بولی :

"اے میرے مجازی خدا مجھے اپنے ساتھ لے چل۔ میں تیرے پاؤں دابونگی۔ تیرے سر میں تیل ڈالوں گی۔ تیری داڑھی میں کنگھی کروں گی۔ . . . . "

دور جتنی قحبائیں اور ان کے آشنا اس کوٹھے پر جمع تھے، یہ منظر دیکھ مارے ہنسی کے لوٹ لوٹ گئے۔

ایسے موقعوں پر وہ پیغمبروں اور ولیوں کے قصے یاد کرتے کہ کیسی کیسی ذلتیں اور ایذائیں انہیں راہ حق میں اٹھانی پڑیں۔ اور اس طرح اپنے دل کو تقویت دے کر وہ پہلے سے زیادہ مستعدی کے ساتھ تبلیغ کا کام جاری رکھتے۔

رفتہ رفتہ وہ اس محلے میں خاصے بدنام ہو گئے۔ بعض دفعہ آوارہ لڑکوں اور اوباش لفنگوں کی ٹولی ان کے پیچھے ہو لیتی۔ یہ لوگ بالاخانوں میں بیٹھی ہوئی بیسواؤں کی طرف ہاتھوں سے طرح طرح کے اشارے کرتے فحش آوازے کستے اور حاجی صاحب کو اپنا لیڈر بنا کر مضحک نعرے لگاتے۔ ان ہی باتوں سے اکثر لوگ حاجی صاحب کو مجذوب یا سودائی سمجھنے لگے تھے۔ وہ اس کی توضیح بھی کرتے کہ اکلوتے جوان بیٹے کی موت سے ان کے دماغ میں خلل آگیا ہے۔

ایک دن حاجی صاحب کے پاس ایک شخص خبر لایا کہ بازار میں دو نئی رنڈیاں آئی ہیں۔ ایک کا نام گل ہے۔ اور دوسری کا بہار۔ دونوں بہنیں ہیں۔ ایک ناچتی ہے۔ دوسری گاتی ہے۔ دونوں اپنے اپنے فن میں ماہر ہیں۔ حسن بھی دونوں کا قیامت کا ہے۔ چند ہی روز میں سارے شہر میں ان کا چرچا ہو گیا ہے۔ لوگ پروانوں کی طرح گر رہے ہیں۔ سنا ہے بنک کا ایک ملازم ان کو رام کرنے کے لئے بنک سے بہت سا روپیہ اڑا لایا مگر پولس موقع پر ان بیسواؤں کے گھر پہنچ گئی اور اس شخص کو نوٹوں کی گڈیوں سمیت پکڑ لیا گیا۔ ایک نواب زادے نے جو قلاش ہو گیا تھا، اپنی محرومی پر ان کے مکان کی سیڑھیوں میں پستول سے خودکشی کر لی۔ غرض وہ وہ ہنگامے ہوئے کہ ایک مدت سے سننے میں نہیں آئے تھے۔ لوگ کہتے تھے کہ یہ دوسری زہرہ اور مشتری ہیں جن کے سحر حسن سے انسان تو کیا فرشتے بھی محفوظ نہیں۔

حاجی صاحب نے مصلحتاً کچھ دنوں سے اس بازار میں جانا چھوڑ رکھا تھا مگر اس نئے فتنہ کا حال سنا تو فوراً انکے دل میں ایک نیا جوش پیدا ہوا۔ انھوں نے دل میں کہا کہ ان عورتوں کو جلد سے جلد راہ راست پر لانا چاہیے۔ ورنہ خدا معلوم یہ کتنے گھروں کو تباہ اور کتنے لوگوں کے ایمان کو غارت کر دیں گی۔

انھوں نے ظہر کی نماز پڑھی۔ قرآن شریف سینے سے لگایا اور پتہ پوچھتے پوچھتے گل اور بہار کے بالاخانے پر پہنچ گئے۔ وہ دونوں رات بھر جاگنے کے بعد صبح کو جو سوئی تھیں تو اب سہ پہر کے قریب جاکر بیدار ہوئی تھیں۔ اتفاق سے اس وقت ایک بوڑھی خادمہ کے سوا گھر میں کوئی اور نہ تھا۔ انھوں نے اپنے سامنے سرخ سرخ آنکھوں والے ایک مجذوب پٹھان کو جو دیکھا تو ڈر کے مارے ان کی گھگھی بندھ گئی۔

حاجی صاحب چند لمحوں تک حیرت سے ان کے حسن و جمال کو دیکھتے رہے۔ پھر وہ پُر شفقت لہجہ میں ان سے مخاطب ہوئے:

"میری بیٹیو۔ مجھ سے ڈرو نہیں۔ میں کسی بُری نیت سے نہیں آیا ہوں۔ میں تو تمہیں صرف یہ بتانے آیا ہوں کہ تمہاری عیش و عشرت کی یہ زندگی ایک دھوکا ہے۔ اور یہ دھوکا صرف اسی وقت تک قائم ہے۔ جب تک تمہارے

گالوں میں خون کی یہ چند بوندیں ہیں۔ ان کی تروتازگی آخر کب تک باقی رہے گی پانچ سال، سات سال، حد سے حد دس سال۔ اس کے بعد تم ایک قابلِ نفرت چیز بن جاؤ گی۔ اپنے عشاق کی نظروں ہی میں نہیں، اپنے عزیز ترین رشتہ داروں کی نظروں میں بھی۔ یہاں تک کہ تمہاری اولاد کو بھی تم سے گھن آئے گی۔ اس لئے کہ تمہارا وجود ان کے لئے انتہائی شرمندگی کا باعث ہوگا۔

"میری بچیو۔ ذرا غور کرو۔ تمہاری زندگی کیسی ہنگاموں سے بھری ہوئی ہے دن رات تمہارے چاہنے والوں کی دھینگا مشتی۔ قدم قدم پر جان کا خوف۔ ہر وقت پولس کا دھڑکا۔ عدالت میں پیشیاں۔ یہ جینا بھی کوئی جینا ہے میری بیٹیو۔ تمہاری جگہ یہ بالاخانہ نہیں ہے۔ بلکہ کسی شریف گھر کی چار دیواری ہے جہاں تم ملکہ بن کر رہو۔ جہاں تمہارا شوہر نگہبان اور محافظ ہو۔ تمہارے ناز اٹھائے اور تمہارے پسینے کی جگہ خون بہائے۔ اور جہاں تمہاری اولاد کے لئے تمہارے قدموں کے نیچے جنت ہو"۔ یہ کہتے کہتے حاجی صاحب کی آواز رقت سے بھر آئی اور وہ اس سے آگے کچھ نہ کہہ سکے۔

دونوں بہنوں پر سے خوف و ہراس تو دور ہو گیا تھا مگر ان باتوں کو سن کر وہ گم سم رہ گئی تھیں۔ آخر بڑی بہن گل نے کہا:

"حضرت ہمارے ماں باپ نے ہمیں یہی پیشہ سکھایا ہے اس میں ہمارا کیا قصور"۔

حاجی صاحب نے اس دن ان سے کچھ اور کہنا مناسب نہیں سمجھا۔ انھوں نے ایک کاغذ کے پرزے پر اپنے گھر کا پتہ لکھ کر ان کو دیا اور یہ کہہ کر چلے آئے کہ مجھے اپنا باپ سمجھو اور جب کبھی کوئی مشکل پڑے یا میری ضرورت ہو تو اس پتہ پر مجھے خبر کر دو۔

اس واقعہ کو آٹھ روز بھی نہیں گزرنے پائے تھے کہ ایک دن صبح ہی صبح ایک تانگہ ان کے مکان کے سامنے آکر رکا۔ اس میں ایک عورت بیٹھی تھی جس نے سیاہ برقع اوڑھ رکھا تھا۔ تانگے میں دو ایک ٹرنک اور کچھ چھوٹی چھوٹی گٹھریاں بھی تھیں۔ حاجی صاحب اس عورت کو اپنے مکان میں لے گئے اور اس کا سامان

اندر پہنچا دیا گیا۔

یہ بہار تھی جو سچ مچ تائب ہو کر آ گئی تھی۔ اس کی خوبصورت آنکھیں سوجی ہوئی تھیں۔ معلوم ہوتا تھا کئی دن سے وہ روتی رہی ہے اور اب بھی اس کے آنسو تھمنے میں نہ آتے تھے۔

"جس دن آپ آئے تھے" اس نے حاجی صاحب کو بتلایا "اسی دن سے ہم دونوں بہنوں میں جھگڑا شروع ہو گیا تھا کیونکہ اب میں پل بھر کے لئے بھی بازار میں بیٹھنا نہیں چاہتی تھی۔ آخر آج صبح میں اس سے علیحدہ ہو گئی ہوں۔"

اپنی اس کامیابی پر جو بازاری عورتوں کے اصلاحی کام کے سلسلے میں ان کی پہلی فتح تھی۔ حاجی صاحب کو اس قدر خوشی ہوئی کہ شاید بیٹے کے جی اُٹھنے پر بھی نہ ہوتی۔ اُنہوں نے فوراً کپڑے بدلے۔ اور سودا سلف لینے بازار چلے گئے۔ ان کے پیچھے بہار نے جھاڑو لیکر سارے گھر کی صفائی کی۔ چولھا مدت سے راکھ سے بھرا تھا، اس کو صاف کیا۔ باورچی خانے کے فرش کو دھویا پونچھا اور اپنے سگھڑپن سے ظاہر کر دیا کہ حسن و جمال، علم اور شُستہ لب و لہجہ کے ساتھ ساتھ وہ امور خانہ داری سے بھی ناواقف نہیں۔

چند ہی دنوں میں بہار نے جس کا نام اب حاجی صاحب نے بدل کر بلقیس بیگم رکھ دیا تھا اپنی خدمت گذاریوں سے ان کو یقین دلا دیا کہ وہ سچے دل سے توبہ کر کے آئی ہے اور اگر کوئی شریف قدردان مل گیا تو ساری زندگی اس کے ساتھ نباہ دے گی۔ حاجی صاحب کو اس سے سچ مچ ایسی الفت ہو گئی جیسی باپ کو بیٹی سے ہوتی ہے۔ ادھر بلقیس بھی ان کا دل سے احترام کرتی اور ان کے سامنے شریف گھرانوں کی لڑکیوں کی طرح ہمیشہ اپنی نظریں نیچی رکھتی۔ اب حاجی صاحب کو بلقیس کے لئے کسی اچھے رشتے کی فکر ہوئی کیونکہ وہ یہ خوب سمجھتے کہ لڑکی کا اصلی گھر اس کے شوہر ہی کا ہوتا ہے۔

سرکاری ملازمت کے دوران میں حاجی صاحب کا ایک رفیق کار رحمت علی ہوا کرتا تھا۔ وہ حاجی صاحب کی بڑی عزت کرتا تھا۔ یہ بھی اُس سے بھائیوں کی طرح پیش آتے تھے۔ وہ تو مدت ہوئی مر چکا تھا۔

مگر اس کے لڑکے انور نے حال ہی میں انجینیری کا امتحان پاس کیا تھا۔ اور اسے ایک معقول سرکاری ملازمت مل گئی تھی۔ انور حاجی صاحب کو تایا ابا کہا کرتا اور اکثر ان سے ملنے آیا کرتا تھا۔ ابھی چند روز ہوئے کہ وہ اپنی اس کامیابی کی اطلاع دینے آیا تھا۔ ابھی تک اس نے شادی نہیں کی تھی۔ بلقیس کے رشتے کے سلسلے میں ان کا خیال فوراً اس کی طرف گیا۔ وہ اس کے دفتر پہنچے اور اس کو شام کے کھانے پر بلایا۔ ادھر گھر آکر انھوں نے بلقیس سے کہا:

"بیٹی! آج شام ایک مہمان آرہا ہے۔ وہ میرے ایک نہایت عزیز دوست کی نشانی ہے۔ تم یہ میلے کپڑے اتار کر کوئی اچھا سا لباس پہن لینا وہ میرے بیٹوں کی طرح ہے، اس سے پردہ نہیں کرنا ہوگا۔"

شام کو انور کھانے پر آیا تو بلقیس کے حُسن اس کی شائستگی اور حیا کو دیکھ کر مبہوت رہ گیا۔ حاجی صاحب نے اس کو بلقیس کی بپتا سنائی اور اس سے کوئی بات چھپا نہ رکھی۔ دوسرے دن وہ پھر آیا، پھر تیسرے دن۔ پھر دن میں دو دو مرتبہ آنے لگا اور آخر مہینہ بھی نہ گزرنے پایا تھا کہ ان دونوں کی شادی ہوگئی۔

انور اور بلقیس کی خوب گزرنے لگی۔ وہ دونوں اکثر حاجی صاحب سے ملنے آیا کرتے۔ انور اپنی بیوی کو فریفتگی کی حد تک چاہتا تھا۔ اُدھر بلقیس بھی دل و جان سے اس پر فدا تھی۔ اس کے ساتھ ہی وہ حاجی صاحب سے بھی ایسی الفت کرنے لگی تھی گویا وہ سچ مچ اس کے باپ ہیں۔ اور پھر یہی تو تھے جن کے طفیل وہ گمراہی کے گڑھے سے نکلی تھی۔

جب ایک سال گزر گیا تو انور کی تبدیلی کسی اور شہر ہوگئی۔ حاجی صاحب ان میاں بیوی کو اسٹیشن پر رخصت کرنے آئے تو جدائی کے خیال سے روتے روتے بلقیس کی ہچکی بندھ گئی۔ حاجی صاحب نے بڑی تسلیاں دے کر اسے رخصت کیا۔

وہ باقاعدگی سے ہر مہینے حاجی صاحب کو خط لکھتی جس میں اپنی اور انور کی خیریت اور گھر کے حالات تفصیل سے لکھے ہوتے۔ اس کے ان خطوں میں ایک بلبل کی سی چہچہاہٹ تھی۔ ان خطوں کا سلسلہ کوئی دو برس

تک جاری رہا۔ اس کے بعد جو خطوط آئے اُن کا لہجہ اچانک سنجیدہ ہوگیا۔ حاجی صاحب نے اس تبدیلی کو بلقیس کی بڑھتی ہوئی عمر کے تقاضے پر محمول کیا۔ آخر تیسرے سال ایک خط آیا جسے پڑھ کر وہ بھونچکا رہ گئے۔ لکھا تھا:

ابا جان! تسلیم۔ مجھے افسوس ہے کہ یہ خط پڑھ کر آپ کو صدمہ پہنچے گا۔ میں نے عرصے تک اس معاملے کو آپ سے چھپائے رکھا۔ تاکہ آپ کو دکھ نہ ہو لیکن اب بات اس حد تک بڑھ گئی ہے کہ اس کا چھپانا ممکن نہیں۔ اور میں سمجھتی ہوں کہ اس میں میرے شوہر انور کا کچھ قصور نہیں۔ اس کی تمام ذمہ داری ان کے رشتہ داروں پر ہے جو ہر روز آ آ کر ان کے کان بھرتے رہتے ہیں۔ ان لوگوں کو کسی نہ کسی طرح میری پچھلی زندگی کا حال معلوم ہوگیا ہے اور وہ مجھ سے سخت نفرت کرنے لگے ہیں اور برملا طعنے دیتے ہیں۔ چونکہ بدقسمتی سے اس عرصے میں میرے کوئی اولاد بھی نہیں ہوئی جو شاید انور کو مجھ سے قریب تر کر دیتی۔ اس لئے یہ لوگ اب اس کوشش میں ہیں کہ انور میاں سے مجھے طلاق دلوا دیں۔ میں نے اس لڑکی کو بھی دیکھا ہے جس کو وہ ان کے پلے باندھنا چاہتے ہیں۔ اچھی شریف لڑکی ہے بے چاری صورت شکل کی بھی بری نہیں اب میری آپ سے التجا ہے کہ اس سے پہلے کہ یہ لوگ مجھے دھکے دیکر نکال دیں آپ خود آئیں اور مجھے طلاق دلوا کر لے جائیں۔

آپ کی پیاری بیٹی
بلقیس

اس خط کی عبارت نے حاجی صاحب کو سخت بے چین کر دیا۔ وہ رات بھر بستر پر کروٹیں بدلتے رہے۔ صبح ہوئی تو وہ اسٹیشن پہنچے اور پہلی گاڑی سے اس شہر کو روانہ ہوگئے جہاں انور ملازم تھا۔ رات بھر وہ غم اور غصے سے کھولتے رہے ان کا جی چاہتا کہ وہ جاتے ہی انور کا منہ نوچ لیں۔ راستے بھر وہ آیات قرآنی پڑھ

پڑھ کر اپنا غصہ ٹھنڈا کرتے رہے

مصالحت کا سوال ہی نہیں تھا۔ کیونکہ جب دلوں میں فرق پڑ جائے تو زندگی کا لطف جاتا رہتا ہے۔ اب ان کی کوشش یہ تھی کہ وہ انور سے حق مہر حاصل کریں اور وہ تمام زیورات اور کپڑے بھی جو انور نے اب تک بلقیس کو بنوا کر دئے تھے۔

انور اور اس کے رشتہ داروں نے زیادہ مزاحمت نہ کی انور کو توقع نہ تھی کہ اس قدر جلد بلقیس سے اس کا پیچھا چھوٹ جائے گا اور اسے کسی قدر رنج بھی ہوا کیونکہ ابھی تک اس کے دل میں بلقیس کی کچھ کچھ محبت باقی تھی۔ مگر اب کیا ہو سکتا تھا۔ حاجی صاحب بلقیس کو ساتھ لے دو تانگوں میں اسباب لدوا اُسی رات اسٹیشن پہنچے اور دوسرے دن گھر آگئے۔

بلقیس اب پھر حاجی صاحب کے پاس رہنے لگی۔ حاجی صاحب کو اب پھر اس کے رشتے کی فکر ہوئی اور ابھی تین مہینے بھی نہ گزرے تھے کہ اُنھوں نے اس کے لئے ایک اور شوہر تلاش کر لیا۔ اب کے جو آدمی چنا گیا وہ انور کی طرح نہ تو کم عمر تھا نہ زیادہ تعلیم یافتہ اور نہ اس کا تعلق کسی اونچے گھرانے سے تھا۔ وہ میوے کا کاروبار کرتا تھا۔ آئے دن دساور سے میوے کی بھری ہوئی لاریاں اس کے یہاں آتی رہتی تھیں۔ شہر کے میوہ فروشوں میں اس کی بڑی ساکھ تھی۔

یہ میوہ فروش جس کا نام ربانی تھا رنڈوا تھا اور کسی نیک بیوہ سے عقد کرنا چاہتا تھا۔ حاجی صاحب نے حق مہر کے طور پر پانچ ہزار روپیہ نقد اور ایک مکان بلقیس کے نام لکھوانے کی شرط پیش کی۔ جسے اس نے بلا حیل و حجت منظور کر لیا تھا۔ دراصل یہ میوہ فروش بہار کے پُرانے مگر ناکام عشاق میں سے تھا جب بہار بازار سے غائب ہوئی تھی تو وہ سخت پریشان ہوا تھا۔ پھر کچھ دن بعد جب اس نے سنا کہ حاجی صاحب نے اُسے کسی انجینیر سے بیاہ دیا ہے تو وہ ایک آہ سرد بھر کے رہ گیا تھا۔ اب جو اسے اس طلاق کا حال معلوم ہوا۔ تو اس کے دل میں پھر بہار کی آرزو تازہ ہوگئی اور اس نے جلد ہی منت خوشامد سے حاجی صاحب کو اس

رشتے پر آمادہ کر لیا۔ مگر حاجی صاحب نے جب تک پورا حق مہر وصول نہ کر لیا میوہ فروش کو بلقیس کی شکل تک نہ دیکھنے دی۔

بلقیس نے ایک اطاعت مند بیٹی کی طرح حاجی صاحب کے تجویز کیے ہوئے رشتے کو صبر شکر سے قبول کر لیا اور دونوں کی خاصی گذر ہونے لگی۔ یہاں تک کہ ایک سال ہنسی خوشی میں گذر گیا۔ مگر یہ میوہ فروش طبعاً عیاش واقع ہوا تھا شادی کے بعد کچھ عرصہ تو وہ اس سے بڑی عزت کے ساتھ پیش آتا رہا مگر جلد ہی اس کے رویے میں تبدیلی آ گئی۔ اور وہ اس سے ایسا سلوک کرنے لگا گویا وہ اس کی داشتہ ہو۔ وہ مصر تھا کہ بلقیس رات رات بھر اس کے ساتھ جاگے اور شراب نوشی میں شریک ہو۔ پھر وہ اس کا بھی متمنی تھا کہ آئے دن دوستوں کی دعوتیں ہوں اور بلقیس ساقی گری کی خدمت انجام دے اور وہ دوستوں سے فخریہ یہ کہہ سکے :

"یہی تھا وہ لعلِ بے بہا جس کی ایک جھلک دیکھنے کو دنیا ترستی تھی۔ اور اب میں تنہا اس کی قسمت کا مالک ہوں۔"

مگر بلقیس نے اس کی ان خواہشوں کو سختی کے ساتھ رد کر دیا۔ وہ اس کے دوستوں کی ضیافتوں اور ان کی مے خواری سے تو تعرض نہ کرتی مگر خود کبھی ان کے سامنے نہ آتی۔

رفتہ رفتہ میوہ فروش کا دل گھر سے اچاٹ رہنے لگا اور یہ محفلیں اب اندرون کے یہاں منعقد ہونے لگیں۔ میاں بیوی کے تعلقات کشیدہ رہنے لگے۔ کئی مرتبہ گالی گلوچ تک نوبت پہنچ گئی آخر ایک دن میوہ فروش نے شراب کے نشے میں بلقیس کو اس قدر پیٹا کہ وہ کئی دن تک بستر سے نہ اٹھ سکی۔

حاجی صاحب کو میاں بیوی کی ناچاقی کا علم تھا مگر جب انھیں اس مار پیٹ کی خبر ہوئی تو ان کی آنکھوں کے آگے اندھیرا آ گیا۔ وہ اسی وقت میوہ فروش کے گھر پہنچے اور بلقیس کو اپنے ہمراہ لے آئے۔

میوہ فروش نے معافی مانگی منت سماجت کی۔ مگر حاجی صاحب پر کچھ اثر نہ ہوا۔ انہوں نے کہا :

"اگر تم نے فوراً طلاق نہ دی تو میں تمہارے خلاف چارہ جوئی کروں گا۔"

میوہ فروش حاجی صاحب کے اثر و رسوخ کو بخوبی جانتا تھا۔ مقدمہ بازی سے خائف ہو کر ناچار طلاق دینے پر آمادہ ہو گیا۔

اب کے بلقیس سال بھر تک حاجی صاحب کے گھر پر رہی۔ جب کبھی حاجی صاحب اس کے رشتے کا سوال اٹھاتے تو وہ تنک کر کہتی:

"ابا جان۔ آپ کو میری کیوں فکر رہتی ہے۔ میں آپ پر بھاری ہوں کیا؟"

مگر ایک دور اندیش باپ کی طرح حاجی صاحب نہیں چاہتے تھے کہ بلقیس زیادہ عرصے گھر میں بیٹھی رہے۔ علاوہ ازیں اس کا مطلب یہ ہوتا کہ وہ اپنے اصلاحی کام میں ناکام رہے۔ ان کا منصوبہ ناقابلِ عمل ثابت ہوا۔ مگر ایک مرتبہ فتح حاصل کر کے اب وہ کسی طرح اس شکست کے لئے تیار نہ تھے۔ چنانچہ انھیں پھر اس کی شادی کی فکر دامن گیر ہوئی۔ اور بلقیس کچھ تو حاجی صاحب کے اصرار سے اور کچھ اپنے مستقبل کے خیال سے تیسری مرتبہ پھر شادی پر رضامند ہو گئی۔

اب کے حاجی صاحب نے شوہر کے انتخاب میں انتہائی حزم و احتیاط سے کام لیا اور مہینوں اس کے مزاج اور چال چلن کے بارے میں تفتیش کرتے رہے۔

یہ ایک نوعمر شخص تھا جو کسی دفتر میں معمولی کلرک تھا۔ حد درجہ کم سخن، بھولا بھالا، ناک نقشہ بھی اچھا تھا۔ البتہ ہاتھ پاؤں کا ذرا دُبلا تھا۔ سارا دفتر اس کی سادگیٔ مزاج اور اطاعت گذاری کا معترف تھا۔ ایسے داماد کو پا کر حاجی صاحب پورے طور پر مطمئن ہو گئے۔ ادھر بلقیس نے بھی خوشی خوشی اسے قبول کر لیا۔ البتہ اس بات کی ذرا خلش تھی کہ وہ عمر میں اس سے پانچ سال بڑی تھی۔

اس دفعہ حاجی صاحب نے اونچے خاندان اور روپے پیسے کا لالچ نہیں کیا تھا۔ بلکہ مصلحتاً غریب شوہر چنا تھا اور پھر روپے کی ضرورت بھی کیا تھی کیونکہ پچھلے مہروں کی رقمیں، گھر کا سامان، زیور کپڑا لتا پہلے ہی وافر

تھا۔ اس کلرک کا نام منیر تھا۔ اس کے آگے پیچھے کوئی نہ تھا۔ کم عمری ہی میں ماں باپ کا سایہ سر سے اٹھ گیا تھا۔ کچھ دور کے رشتہ دار تھے، مگر وہ اس کے خرچ کا بوجھ اُٹھانے کو تیار نہ تھے اور اس نے یتیم خانے میں پرورش پائی تھی۔

بلقیس اور منیر خوش حالی اور فارغ البالی سے زندگی بسر کرنے لگے۔ رفتہ رفتہ محبت کے بندھنوں نے ایک دوسرے کو جکڑ لیا۔ بلقیس کو ایسا محسوس ہوا کہ جو خوشی انور سے علیحدگی کے بعد اس سے چھن گئی تھی وہ اسے پھر مل گئی ہے۔ ادھر منیر بھی آٹھوں پہر اسی کا دم بھرتا تھا۔ وہ ایسا صالح نوجوان تھا کہ کسی قسم کا نشہ یا بری لت اس کو نہ تھی۔ دفتر سے چھٹی ملتے ہی سیدھا گھر کا رخ کرتا اور پھر بیوی کی قربت میں ایسا کھو جاتا کہ دوسرے دن دفتر جانے کے وقت ہی گھر سے نکلتا۔

دن پر دن گذرتے گئے، ہفتے، مہینے اور پھر سال۔ دونوں کی محبت بڑھتی ہی چلی گئی۔ اب حاجی صاحب بھی بہت ضعیف ہو گئے تھے تبلیغ اور ہدایت کا وہ پہلا سا جوش و خروش ان میں نہیں رہا تھا۔ گھر سے کم ہی باہر نکلتے مگر ان کو اطمینان تھا کہ بالآخر ان کی محنت ٹھکانے لگ گئی۔

اسی طرح پانچ سال گذر گئے۔ اس دوران میں منیر کو نوکری کے سلسلے میں کئی جگہ تبدیل ہو کر جانا پڑا مگر وہ جہاں کہیں بھی جاتے بلقیس حاجی صاحب کو اپنی خیر و عافیت کی اطلاع دیتی رہتی۔

ایک دن حاجی صاحب کو ایک خط ملا جسے پڑھ کر اچانک ایک مرتبہ پھر دنیا ان کی آنکھوں میں اندھیر ہو گئی۔ بات یہ تھی کہ منیر کی صحت پچھلے سال سے دھیرے دھیرے گرنی شروع ہو گئی تھی منیر کا ہر وقت گھر میں پڑے رہنا، کھیل تفریح میں حصہ نہ لینا اس کی تندرستی کے لئے ضرر رساں ثابت ہوا اسے ہلکا ہلکا بخار رہنے لگا تھا اور کبھی کبھی کھانسی بھی اُٹھنے لگی تھی۔ ڈاکٹروں کی رائے تھی کہ یہ ابتدائی دق کے آثار ہیں اور انھوں نے مشورہ دیا تھا کہ دفتر سے طویل رخصت لے لی جائے اور اسے کسی صحت افزا پہاڑی مقام پر رکھا جائے۔ خط کی آخری سطور یہ تھیں:

لیکن میرے پیارے ابا جان آپ اس خبر سے زیادہ پریشان نہ ہوں ڈاکٹر نے کہا ہے کہ منیر میاں سال بھر با قاعدہ علاج کرانے سے تندرست ہو جائیں گے۔ میں خود انکی تیمارداری کرونگی اور جس صحت افزا مقام پر وہ رہیں گے میں انکے ساتھ رہونگی۔ شفا تو اللہ نے چاہا انھیں ضرور ہو جائے گی۔ مگر اس میں تین چار سو روپیہ ماہوار اٹھے گا۔ سو اسکی آپ فکر نہ کریں۔ وہ جو میرے نام کا مکان ہے اسے فروخت کر دیں۔ آخر جائداد اسی قسم کی ضرورتوں ہی کے لئے تو ہوتی ہے، جان ہے تو جہان ہے۔ امید ہے کہ آپ ان تمام باتوں کا جواب مفصل لکھیں گے یا خود تشریف لائیں گے۔ آپکے دیدار کی طالب

بلقیس

اس خط کو پڑھکر حاجی صاحب گم سُم رہ گئے۔ اچانک دل میں ایسا ضعف محسوس ہوا، گویا اُن کا آخری وقت آپہنچا ہو۔۔۔۔ دو دن تک وہ گھر سے باہر نہ نکلے تیسرے دن جب ذرا طبیعت سنبھلی تو وہ لاٹھی ٹیکتے ہوئے اٹھے اور جائداد کی فروخت کے سلسلے میں کسی دلال کی تلاش میں نکلے۔ قدم گھر سے باہر رکھا ہی تھا کہ ایک تانگا ان کے دروازے کے سامنے آکر رکا۔ اس میں ایک برقعہ پوش خاتون بیٹھی تھی۔ ساتھ کچھ سامان تھا۔ دو تین ٹرنک۔ ایک اٹیچی کیس۔

حاجی صاحب ٹھہر گئے۔ اُن کی صورت دیکھ کر اس خاتون نے چہرے سے نقاب اُٹھا دی۔ اُس کا سن تیس پینتیس برس سے کسی طرح کم نہ ہوگا۔ مگر اس کے حسن میں ابھی تک غضب کی شادابی تھی۔

"میں بہار کی بہن گل ہوں۔" اُس نے بڑی لجاجت سے کہنا شروع کیا۔ "دس سال ہوئے جیسے حضور نے میری بہن کو دین اور آخرت کی راہ دکھائی تھی ویسے ہی مجھ پر بھی کرم کی نظر ہو جائے۔۔۔۔۔۔۔"

بردہ فروش

پنجاب کے اضلاع میں ایسے کئی چھوٹے چھوٹے قصبے ہیں جن کی آبادی تو چند سو نفوس سے زیادہ نہیں۔ مگر جن کو ریلوے اسٹیشن ہونے کا شرف حاصل ہے۔ ان اسٹیشنوں پر عموماً ایک ویرانی کی سی کیفیت رہتی ہے۔ کیونکہ میل اور ایکسپریس کی قسم کی گاڑیاں تو یہاں ٹھہرنا کسرِ شان سمجھ کر آندھی کے تیز جھکڑ کی طرح گزر جاتی ہیں۔ البتہ سست رفتار گاڑیاں چار چار پانچ پانچ گھنٹے کے بعد ان اسٹیشنوں پر آ کے رکتی اور گھڑی دو گھڑی کے لئے ان کی رونق بڑھا جاتی ہیں۔ مگر ان کے جاتے ہی یہاں پھر اُلو بولنے لگتا ہے۔

جمال پورہ پنجاب کا ایک ایسا ہی ریلوے اسٹیشن ہے۔ اسوج کا مہینہ۔ سہ پہر کا وقت۔ چار بجے ہیں۔ ٹھیک سینتالیس منٹ کے بعد ایک ڈاؤن پسنجر ٹرین آنے والی ہے۔ اسٹیشن پر چہل پہل شروع ہو گئی ہے۔ اسٹیشن کا بابو جو دیر سے نہ جانے کہاں غائب تھا۔ اب بار بار اپنے کمرے سے نکلتا اور اندر جاتا ہوا دکھائی دینے لگا ہے۔ آس پاس کے گاؤں کے مسافر جو گاڑی سے گھنٹوں پہلے آ کے اسٹیشن کی ڈیوڑھی میں یا ٹکٹ گھر کی کھڑکی کے آس پاس لمبی تانے پڑے تھے انگڑائیاں لیتے ہوئے اُٹھ بیٹھے ہیں اور اسٹیشن کے نل کے اردگرد بڑی فراغت کے ساتھ جو شاید صرف دیہاتیوں ہی کو نصیب ہوتی ہے۔ ہاتھ منہ دھونے میں مصروف ہیں۔ ایک خوانچے والا بھی پلیٹ فارم

پر ہانک لگاتا ہوا پھرنے لگا ہے۔ ایک سوکھا ہوا کھجلی کا مارا کتا اس کی چھلنی کی زد سے دور دور رہ کے اس کا تعاقب کر رہا ہے۔ جس جگہ وہ خوانچہ لگاتا ہے کتا بھی وہیں اس سے گز سوا گز پرے ہٹ کے بیٹھ جاتا ہے۔

اسٹیشن ماسٹر کے کمرے کے باہر پلیٹ فارم کی واحد بنچ پر دو عورتوں نے قبضہ جما رکھا ہے۔ ان میں سے ایک ادھیڑ عمر ہے اور ایک جوان۔ ادھیڑ ایک گٹھڑی سر کے نیچے رکھے لیٹی ہوئی ہے اور جوان اس کے پائنتی بیٹھی ہے ادھیڑ عمر اپنی سیدھی سادی وضع اور کپڑوں سے صاف دیہاتن معلوم ہوتی ہے۔ مگر جوان کا لباس نچلے طبقے کی شہری لڑکیوں کا سا ہے جو کسی میلے یا شادی بیاہ میں آئی ہوں۔ ہاتھ پاؤں میں مہندی رچی ہوئی۔ بڑے بڑے پھولوں والی اودے رنگ کی چھینٹ کی شلوار اور قمیص۔ سر پر ململ کا دوپٹہ سرخ رنگا ہوا جس کے کناروں پر جھوٹا سنہری گوٹا ٹکا ہوا۔ ناک میں سونے کی کیل۔ کان میں چاندی کی بالیاں۔ ہونٹوں پر دنداسے سے سیاہی مائل گہرا سرخ رنگ چڑھا ہوا تیکھے نقش۔ نظروں میں حد درجے کی شوخی اور بے باکی۔ جوانی اس کے انگ انگ سے امڈی پڑتی ہے وہ بازو پھیلائے۔ دونوں ہتھیلیوں کو گدی کے نیچے رکھے بنچ سے ٹیک لگائے بیٹھی ہے اور ہر آنے جانے کو غور سے دیکھ رہی ہے۔ لیکن چونکہ پلیٹ فارم پر سواریاں کم ہیں۔ اس لئے اسٹیشن کے کوے اور کتے ہی ہر پھر کر اس کی توجہ کا مرکز بنتے ہیں

اسٹیشن کا بابو سر پر تیل چپڑے پٹیاں جمائے منہ میں سگرٹ دبائے اپنے کمرے سے باہر نکلا اور جوان لڑکی پر ایک چھچھلتی ہوئی نظر ڈال کے پلیٹ فارم پر ٹہلنے لگا۔ لڑکی اسے دیکھتے ہی بنچ سے اٹھ کھڑی ہوئی اور گنوار پنے سے مسکراتی ہوئی اس کے پاس پہنچی۔

"بابو صاحب۔ ایک سگرٹ اور پلا دو۔"

بابو نے گھبرا کر چاروں طرف دیکھا کہ کوئی سن تو نہیں رہا۔

"بھاگ جاؤ۔ سگرٹ نہیں ہے"

"پلا بھی دو بابو صاحب ابھی ابھی سو کے اٹھی ہوں۔ اللہ کی سوں بڑی طلب لگی ہے۔"

مگر بابو نے کچھ جواب نہ دیا اور تیز تیز قدم اٹھاتا ہوا پلیٹ فارم پر دور نکل گیا لڑکی کھسیانی سی ہو کر کچھ دور اس کے پیچھے پیچھے چلی۔ راستے میں اسے ایک کتا لیٹا ہوا نظر آیا اور اس نے شرارت سے اس کی دم پر پاؤں رکھ دیا۔ کتا ہڑبڑا کر بھونک پڑا اور لڑکی خوانچے والے پر گرتے گرتے بچی۔ پل بھر کے بعد وہ خوانچے والے سے کہہ رہی تھی: "خوانچے والے کیا ہے تیرے پاس؟"

"پکوڑے۔ گڑ کی ریوڑیاں"

"ہشت!"

"جھاڑی بوٹی کے بیر"

"ہشت"

"مونگ پھلی۔ میٹھے چنے"

"لا ایک آنے کی مونگ پھلی دے"

مونگ پھلی اپنے دوپٹے کے پلو میں ڈلوا کے وہ واپس چل دی۔

"بی بی پیسے تو دیتی جاؤ۔"

"کیسے پیسے؟"

"مونگ پھلی جو دی ہے اکنی کی"

"اکنی تو میرے پاس نہیں ہے"

"تو لاؤ روپے کا ناداں دے دوں۔"

"روپیہ بھی نہیں ہے۔"

تو پھر مونگ پھلی پھیر دو۔"

"واہ۔ وہ تو میں نہیں پھیرنے کی۔"

خوانچے والے کے صبر کا پیمانہ اب لبریز ہو چکا تھا اور قریب تھا کہ وہ چلا اٹھتا، مگر عین اس وقت اس لڑکی کے ساتھ والی ادھیڑ عورت آ پہنچی وہ ایک ہی نظر میں معاملے کو تاڑ گئی۔

"گھبراؤ نہیں بھیا۔ کتنے پیسے ہیں تمہارے؟"

"چار"

"یہ لو"

اور وہ لڑکی کا بازو پکڑ کر اسے وہاں سے لے گئی۔

"ریشماں" اس نے پیار اور ملامت کے ملے جلے لہجے میں کہا۔ "میں نے بہت دفعہ تمہیں سمجھایا ہے کہ پیسہ پاس نہ ہو تو کوئی چیز نہ خرید اکرو۔"

"اونہہ" ریشماں نے الھڑپن سے کہا "دکاندار کو پیسے تو مل ہی جاتے ہیں مائی جمی!"

کوئی گھنٹہ بھر کے بعد وہ دونوں عورتیں تیسرے درجے کے ایک زنانہ ڈبے میں سفر کر رہی تھیں۔ ڈبا سواریوں سے کھچا کھچ بھرا ہوا تھا مگر انہوں نے جیسے تیسے ایک کونے میں جگہ حاصل کر لی تھی۔ دونوں سر جوڑ کر چپکے چپکے باتیں کر رہی تھیں۔ مائی جمی کہہ رہی تھی:

"اور پھر ریشماں یہ چودھری ہے بڑا کھا تا پیتا۔ اس کے پاس پہلی بیوی کا بہت سارا زیور ہے جو اس نے کہیں چھپا رکھا ہے۔ تمہیں الھڑپن کی باتیں چھوڑ کر اس کا دل مٹھی میں لینا ہوگا۔ خوب اس سے پیار محبت کی باتیں کرنا۔ حقہ خوب تازہ کر کے بھرا کرنا۔ رات کو ہاتھ پاؤں داب دیا کرنا۔ بس اس کو تم پر بھروسہ ہو جائے گا۔ اور وہ گھر کی کنجیاں تمہارے حوالے کر دے گا اس طرح جب دو تین مہینے میں ساری چیزیں تمہارے قبضے میں آ جائیں گی تو میں تمہیں اس کے گھر سے نکال لے جاؤں گی۔"

"اس بڈھے کھوسٹ کرم دین کے بارے میں بھی تو تم یہی کہتی تھیں کہ ہے تو کنجوس مگر بڑا پیسے والا ہے خاک بھی نہ نکلا کم بخت کے گھر سے۔"

"اس نے سب کو دھوکا دیا۔ بڑا فریبی دغاباز تھا۔ اچھا ہوا میں نے جلد ہی اس کے گھر سے تمہیں نکال لیا۔"

"کم بخت میری کیسی چوکسی کرتا تھا۔ محلے والوں سے الگ کہہ رکھا تھا اور ایک بڑھیا دیکھ بھال کے لئے الگ رکھ چھوڑی تھی۔ ایک دن مجھ پر شک ہوا تو مجھے کوٹھری کے اندر لے گیا چھُری دکھا کے کہنے لگا۔ یاد رکھ تو نے کبھی بھاگنے کی کوشش کی تو اس چھُری سے دو ٹکڑے کر دوں گا۔ بس اسی دن سے مجھے اس سے نفرت ہوگئی۔"

"خیر اس سے تو خدا نے تمہارا پیچھا چھڑا دیا۔ مگر یہ چودھری ہے بڑا نمازی پرہیزگار۔ جب سے بیوی مری ہے۔ گھر بسانے کے سوا اور کوئی فکر ہی نہیں۔"

"زیادہ بڈھا تو نہیں ؟"

"نہیں ایسا بڈھا نہیں۔"

"کیا عمر ہوگی بھلا ؟"

"یہی کوئی پچاس پچپن برس۔"

رات کے کوئی پونے بارہ بجے گاڑی اس قصبے کے اسٹیشن پر رکی جہاں ان عورتوں کو جانا تھا۔ گاڑی سے اتر کر اسٹیشن کے مسافر خانے میں پہنچیں، اور رات وہیں گزاری۔ صبح کا بھی اندھیرا ہی تھا کہ مائی جمی نے ریشماں سے اس کا سرخ دوپٹہ لے لیا۔ اور اسے اوڑھنے کے لئے ایک سفید چادر دیدی تاکہ وہ بھی دیہاتن معلوم ہو۔ نئے گاؤں کا معاملہ تھا۔ احتیاط شرط تھی جتنے کم لوگوں کی نظران پر پڑے اتنا ہی اچھا۔ دونوں نے لمبے لمبے گھونگھٹ نکال لئے اور پیدل قصبے کی طرف چل دیں۔

ریشماں کو چودھری گلاب کے گھر میں رہتے ہوئے پندرہ بیس روز ہو چکے تھے۔ مگر وہ ابھی تک نہیں سمجھ سکی تھی کہ اس نئے گھر میں اسے کیا رویہ اختیار کرنا چاہیئے۔ پہلے دن جب وہ آئی تھی تو اس کا دل دھڑک رہا تھا۔ نہ جانے اسے کن حالات سے واسطہ پڑے گا چودھری کس قماش کا آدمی ہے۔ کرم دین کی طرح ظالم تو نہیں اس سے زیادہ کام تو نہیں لے گا۔ اسے مارے پیٹے گا تو نہیں، اس کی رکھوالی کون لوگ کریں گے۔ تاہل کی قربتیں کن ناخوشگوار فرائض کی حامل ہوں گی اور کیا ایک مرتبہ پھر وہ زندگی کو مسلسل فریب بنائے رکھنے میں کامیاب ہو سکے گی؟ مگر چند ہی روز میں اس کے یہ سارے اندیشے غلط ثابت ہوئے۔ اور اس میں پھر اس کی فطری چونچالی اور الھڑپن پیدا ہو گیا۔

چودھری گلاب ایک سیدھا سادہ کم گو اور بے آزار انسان تھا۔ اس میں شک نہیں کہ اس کی عمر ساٹھ برس سے کم نہ تھی۔ مگر وہ دیہاتی زمینداروں کی طرح لمبا چوڑا تھا اور ابھی اس کے ہاتھ پاؤں خوب مضبوط تھے۔ یہ اور بات ہے کہ اس کی عمر کا وہ دور شروع ہو گیا تھا۔ جب جوش سرد پڑ جاتا ہے اور احساس کو بیدار کرنے کے لئے کچوکوں کی ضرورت ہوتی ہے۔ عمل کی جگہ ذہنی آسودگی اور اطمینان قلب لے لیتے ہیں اور لذت کشی میں کوئی کمی رہ جاتی ہے تو اسے تخیل پورا کر دیتا ہے۔

پھر چونکہ وہ نمازی اور پرہیزگار تھا۔ اس لئے ہمیشہ صاف ستھرا رہتا تھا۔ ریشماں کو اس کے کپڑوں اور جسم کے کسی حصے سے بدبو نہیں آتی تھی اس کی سفید لمبی ڈاڑھی تھی جس میں وہ ہر روز کنگھی کیا کرتا تھا۔ سر پر اکا دکا ہی بال رہ گئے تھے۔ آنکھوں میں صبح شام سرمہ لگاتا۔ اس کے طور طریقوں میں ایک عجیب طرح کا بھولا پن تھا۔ جس نے اسے ایک پیارا پیارا بڈھا بنا دیا تھا۔ پہلی بیوی سے اس کی دو بیٹیاں تھیں جو مدت ہوئی بیاہی جا چکی تھیں۔ اولاد نرینہ کوئی نہ تھی جس کی اسے آج بھی حسرت تھی۔

ریشماں اکثر اس سے الھڑپن میں پوچھتی :۔

”چودھری تم نماز کے بعد کیا دعا مانگا کرتے ہو؟“

چودھری مسکرانے لگتا۔

"اللہ سے بیٹا مانگتے ہو؟"

چودھری ہنس پڑتا

"یہ بھی تو دعا مانگا کرو کہ ریشماں کی بڑی سی عمر ہو۔"

اس کے جواب میں چودھری گلاب بڑے پیار سے اس کا گال تھپتھپا دیتا۔

ریشماں کو دو وقت کی ہنڈیا کے سوا گھر کا اور کوئی کام نہیں کرنا پڑتا تھا اُپلے تھاپنا، جھاڑو بہارو گائے بھینسوں کی سانی۔ دودھ دوہنا۔ یہ سب کام گاؤں کی ایک بڑھیا کیا کرتی تھی۔ جسے چودھری معاوضے میں اجناس اور سبزیاں دیا کرتا تھا۔ اس کے علاوہ کئی کسان تھے جو چودھری کے کھیتوں میں کام کرتے تھے۔ خود چودھری بھی زیادہ تر کھیتوں ہی پر رہا کرتا اس نے پہلے ہی دن سے گھر کا سارا انتظام ریشماں کے سپرد کر دیا تھا۔ چنانچہ وہ ہنڈیا روٹی سے فارغ ہو کر دن بھر مزے سے پلنگ پر پڑی بڑھیا پر حکم چلایا کرتی۔

کرم دین کے گھر میں اور اس گھر میں کتنا فرق تھا۔ وہاں وہ پچ مچ زر خرید لونڈی تھی۔ اور یہاں گھر کی مالکہ۔ وہاں وہ خود اپنی نظروں میں ذلیل تھی اور یہاں سب لوگ اس کا ادب کرتے تھے۔ یہاں تک کہ خود چودھری بھی اس کو عزت کی نگاہ سے دیکھتا تھا۔

ریشماں کی عمر پانچ برس کی تھی کہ کوئی شخص اسے شہر کے ایک محلے سے اٹھا لے بھاگا تھا۔ اس نے مختلف دیہات میں پرورش پائی تھی۔ یہاں تک کہ اس کی عمر شادی کے لائق ہو گئی۔ ایک عورت نے اپنے کو اس کی چچی ظاہر کر کے ایک کھاتے پیتے گھر میں اچھی قیمت پر اسے بیچ ڈالا پہلے پہل وہ جس شخص کے پلے پڑی وہ تھا تو کم عمر مگر بالکل سودائی تھا جس سے کوئی باپ اپنی بیٹی بیاہنے کو تیار نہ تھا۔ سودائی ہونے کے ساتھ ساتھ وہ حد درجہ ظالم بھی تھا جب وحشت اٹھتی تو بلا قصور ریشماں کو مارنے

پیٹنے لگتا۔ ایک دفعہ اس زور سے ریشماں کا گلا گھونٹا کہ اس کی آنکھیں باہر نکل آئیں۔ قریب تھا کہ ریشماں دم توڑ دے مگر عین اس وقت ایک نوکرانی نے دیکھ کر شور مچا دیا اور وہ ڈر کے بھاگ گیا۔

رفتہ رفتہ ریشماں نے اس وحشی سے بچاؤ کی ایک ترکیب سوچ لی جس دن ریشماں کو اس کے تیور ذرا بھی بدلے ہوئے نظر آتے وہ خود بھی سودائی بن جاتی اور پھکنی، چمٹا، گرد کی جو بھی ہاتھ لگتا میاں کے منہ مارتی۔ یہ حربہ کارگر ثابت ہوتا اور وہ فوراً ٹل جاتا۔ یونہی چار سال گذر گئے لیکن اس قسم کی زندگی جس میں ہر وقت جان کا خوف لگا رہتا ہو۔ آخر کب تک گذاری جا سکتی تھی۔ چنانچہ وہ بھاگنے کی ترکیبیں سوچنے لگی۔ اس کی جان پہچان ایک بڑھیا سے ہو گئی جس کا تعلق بردہ فروشوں کے ایک گروہ سے تھا، یہ بڑھیا ریشماں کو تھوڑے ہی دنوں میں وہاں سے بھگا لے جانے میں کامیاب ہو گئی اور اُس نے اُسے مائی جمی کے ہاتھ بیچ ڈالا۔

سودائی کے ساتھ چار سال گذار کے وہ خود بھی نیم وحشی ہو چکی تھی۔ اس میں اچھے بُرے کی تمیز نہ رہی تھی۔ مگر مائی جمی نے تین چار مہینے اپنے ساتھ رکھا اسے خوب کھلایا پلایا اور آخر پیار محبت سے اسے رام کر لیا۔ اب اس نے اسے اپنے پیشے کی تعلیم دینی شروع کی۔

مائی جمی کا بردہ فروشی کا طریقہ سب سے جدا تھا۔ اور ایک فن کی سی حیثیت رکھتا تھا۔ وہ ہمیشہ بڈھوں بُڈھوں کو پھانسا کرتی۔ جو خاص کر جوان لڑکیوں کے آرزومند ہوتے۔ اور جن سے ان کی اچھی قیمت مل جاتی۔ پھر جب لڑکیاں زیور اور روپیہ لے کر بھاگ جاتیں تو وہ بدنامی اور جگ ہنسائی کی وجہ سے اس کا زیادہ چرچا نہ کرتے اور بڑھاپے کی وجہ سے دوڑ دھوپ اور پیچھا کرنے کی بھی ان میں ہمت نہ ہوتی۔ اس طرح چند ہی ماہ میں یہ واقعہ رفت گزشت ہو جاتا اور پھر کہیں دور نئے شکار کی تلاش از سر نو شروع ہو جاتی۔

ریشماں نے جرائم پیشہ لوگوں کے ساتھ جس قسم کی زندگی گذاری تھی۔ اس سے وہ زندگی کو ایک

خوفناک کھیل سمجھنے لگی تھی جس میں کھلاڑی ہر وقت جان کی بازی لگانے رکھتا ہے۔ اور آخر ایک دن اسے جان سے ہاتھ دھونے پڑتے ہیں۔ ریشماں کی مہم پسند طبیعت کو یہ کھیل جس میں ایک طرح سے مردوں سے انتقام لینے کا جذبہ بھی شامل تھا۔ بھا گیا تھا۔ مگر بدقسمتی سے اب تک اسے تکلیفیں ہی تکلیفیں اٹھانی پڑی تھیں اور وہ لذت نہ مل سکی تھی جو کسی خوفناک کھیل کی کامیابی پر کھلاڑی کو حاصل ہوتی ہے۔ چودھری گلاب کے گھر بس کر اسے پہلی مرتبہ زندگی کی قدر و قیمت معلوم ہوئی۔ اس گھر میں کیسی عافیت تھی اور باہر کیسے کیسے خطرے جن لوگوں کو فریب دیا گیا۔ ان کے غضبناک چہروں کا ہر وقت آنکھوں کے سامنے پھرتے رہنا۔ اجنبی شکلوں پر خواہ مخواہ ان کا دھوکا ہونا۔ رہ رہ کے چونک پڑنا۔ سوتے سوتے چیخ اٹھنا۔

دن گذرتے گئے۔ یہاں تک کہ ریشماں کو چودھری گلاب کے گھر میں بسے تین مہینے ہو گئے۔ اس دوران میں وہ آرام اور عافیت کی اور بھی زیادہ عادی ہو گئی۔ ادھر چودھری روز بروز اس کا پہلے سے زیادہ گرویدہ ہوتا جا رہا تھا۔ اور آئے دن اس کے لئے چھوٹے چھوٹے زیور لانے لگا تھا۔

ایک دن وہ گھر میں اکیلی تھی کہ ایک بڑھیا بھیک مانگنے آئی۔ جب ریشماں آٹے کی مٹھی فقیرنی کی جھولی میں ڈال رہی تھی تو اس نے چپکے سے کہا:

"مجھے پہچانا؟ مجھے مائی جمی نے بھیجا ہے۔ کہو کب چلنا ہے؟"

اس نے بڑھیا کو پہچان لیا اور یکبارگی کانپ اٹھی چہرے کا رنگ فق ہو گیا مگر پھر جلد ہی سنبھل گئی بولی:

"مائی جمی سے کہنا ابھی نہیں۔ ابھی مجھے زیوروں کا پتہ نہیں لگا۔ ایک مہینہ اور ٹھہر جائے۔"

فقیرنی بڑبڑاتی ہوئی چلی گئی۔

ایک مہینہ اور گذر گیا۔ اب کے مائی جمی خود آئی اور صبح کو ایسے وقت آئی جب چودھری گھر میں موجود نہ تھا۔ وہ سب ریشماں کی [illegible] بچتا تھا جو غربت کی وجہ سے اپنی بہن کی نشانی کو بیچ دینے پر مجبور ہو گئی

تھی۔ اس نے مائی جمی کو عزت سے گدی پر بٹھایا اس کی مزاج پرسی کی۔ پھر دونوں کو تنہا چھوڑ کر کھیتوں پر چلا گیا۔

"کچھ زیوروں کا پتہ لگا؟" مائی جمی نے پوچھا۔

"مجھے کچھ کہنے سننے کی ضرورت ہی نہیں پڑتی۔ وہ ایک ایک کر کے خود ہی مجھے زیور دے رہا ہے۔ یہ دیکھو۔"

"اری ان دو انگوٹھیوں اور کان کے بُندوں کو تو زیور کہہ رہی ہے۔ زیور تو ہوتا ہے۔ ست لڑا مالا۔ کڑے۔ جھومر۔ چمپا کلی۔ لیکن بس اب ہمیں کچھ نہیں چاہیے۔ میں تجھے لینے آئی ہوں۔ آج رات کو تیار رہیو میں نے گھوڑی کا انتظام کر لیا ہے۔"

"نہیں مائی جمی ابھی نہیں" اس نے سہم کر لجاجت سے کہا "مجھے اس گھر میں بہت آرام مل رہا ہے میں ابھی نہیں جانا چاہتی۔"

"اچھا تو یہ بات ہے۔ مجھ سے کسو نے بھی یہی کہا تھا کہ اس کے طور بدلے ہوئے ہیں۔ مگر میں نے یقین نہیں کیا۔" پھر وہ تحکمانہ لہجے میں کہنے لگی "سن لڑکی۔ بے وقوفی کی بات نہ کر۔ تجھے میرے ساتھ چلنا ہے۔ اور آج ہی رات کو۔ ایک بڑا امیر نمبردار تیرا گاہک پیدا ہوا ہے۔ جو تجھے سونے سے لاد دے گا اور میں اس سے بات پکی کر آئی ہوں۔"

"مائی جمی" ریشماں نے اور بھی گڑگڑا کر کہا "میں تیرے آگے ہاتھ جوڑتی ہوں۔ مجھے اسی گھر میں رہنے دے۔ میں تجھے یہ سارا زیور دے دوں گی۔ اور چودھری اور جو کچھ دے گا۔ وہ بھی تیرا ہی ہوگا۔ مگر مجھے یہیں چھوڑ دے۔"

مائی جمی کے ہونٹوں پر زہریلی مسکراہٹ نمودار ہوئی۔

"اری ابھی تو نے دیکھا ہی کیا ہے۔ بڈھے پر کیا مرنا۔ زندگی کا مزہ لینا ہے تو کسی جوان پر مر۔ اس بڈھے

میں رکھا ہی کیا ہے۔"

"نہیں نہیں مجھے کسی مرد کی ضرورت نہیں مجھے یہ بڈھا بھی نہیں چاہیئے میں تو فقط آرام سے زندگی گزارنا چاہتی ہوں۔"

"دیکھ ریشماں" مائی نے بڑے گمبھیر لہجے میں کہا" جو تو چاہتی ہے وہ تو ہونے کا نہیں۔ اور اگر تو سیدھی طرح نہیں مانے گی تو پھر میں دوسرا گر بھی جانتی ہوں۔ تجھے معلوم نہیں کہ کرم دین ابھی تک جھوی لئے تیری تلاش میں پھر رہا ہے اُسے یہ معلوم نہیں کہ میں نے تجھے بھگایا تھا۔ میں اب بھی اس کے پاس جا سکتی ہوں اور تیرا پتہ بتا سکتی ہوں۔"

مائی جمی کی زبان سے یہ الفاظ مشکل ہی سے نکلے ہوں گے کہ ایسا معلوم ہوا جیسے یکبارگی بھونچال آ گیا ہو۔ ریشماں نے بپھری ہوئی شیرنی کی طرح مائی کو دبوچ لیا۔ اور ناخنوں سے اس کا چہرہ لہولہان کر دیا۔ پھر پیٹ پر اس زور کی دو تین لاتیں ماریں کہ تھوڑی دیر کے لئے بڑھیا کا سانس بند ہو گیا۔

"حرامزادی کٹنی، بدمعاش، ڈائن نکل جا میرے گھر سے نہیں تو خون پی لوں گی تیرا۔"

یہ کہتے کہتے اس نے مارے طیش کے مائی جمی کے منہ پر تھوک دیا۔

ریشماں کے چہرے سے اس وقت ایسا وحشی پن ٹپک رہا تھا کہ معلوم ہوتا تھا جو کچھ کہہ رہی ہے وہ سچ مچ کر گذرے گی اس کے پہلے ہی حملے نے مائی جمی کی ایسی سٹی گم کر دی تھی کہ وہ اپنی مدافعت بھی نہ کر سکی تھی۔ وہ اُٹھ کر کھڑی ہو گئی۔ کپڑے جھاڑے۔ چادر سے چہرہ پونچھا، جو اس وقت نفرت سے سخت گھناؤنا ہو رہا تھا۔ وہ بغیر ایک لفظ منہ سے نکالے چلی گئی۔ اس کے جاتے ہی ریشماں نے خود کو پلنگ پر پٹخ دیا اور پھوٹ پھوٹ کر رونے لگی۔ دوپہر کو جب چودھری گلاب کھانا کھانے آیا تو وہ پہلے کی طرح ہشاش بشاش پلنگ سے اٹھی۔ اور کھانا نکالنے کے لئے چولھے کی طرف گئی۔

"تمہاری خالہ چلی گئیں" ؟ چودھری نے پوچھا۔

"مہمان"

"کھانا تو کھلا دیا ہوتا۔"

"ان کے پیٹ میں اچانک سخت درد اٹھا اور وہ اپنے گاؤں کے حکیم کے پاس دوا لینے چلی گئیں۔"

اس واقعے کو ایک ہفتہ گذر گیا۔ مگر اس عرصے میں ریشماں کے دل کا چین مفقود ہو چکا تھا۔ ہر آہٹ پر اسے کسی کے قدموں کا گمان ہونے لگا تھا۔ وہ بار بار دروازے کی طرف جاتی اور واپس آ جاتی۔ دو چار ہی دن میں اس کی آنکھوں کے گرد گڑھے پڑ گئے اور چہرے پر زردی چھا گئی۔ جیسے یکبارگی کسی مہلک مرض نے آلیا ہو۔ وہ چودھری سے کچھ کہنا چاہتی تو منہ سے بات نہ نکلتی۔ چودھری اس سے کچھ کہتا تو وہ بے خیالی میں کچھ نہ سنتی۔ اور چودھری کو ایک ایک بات تین تین چار چار بار دہرانی پڑتی۔ چودھری نے اس تبدیلی کو محسوس کیا اور کہا:

"تمہارا جی اچھا نہیں ہے۔ چلو میں تمہیں حکیم کے پاس لے چلوں۔"

"نہیں مجھے کچھ نہیں ہوا۔" اس نے کہا۔ "بچپن ہی سے میری حالت کبھی کبھی ایسی ہو جایا کرتی ہے۔ مگر چند ہی دنوں میں آپ ہی آپ ٹھیک ہو جاتی ہوں۔"

دن پر دن گذرتے گئے۔ مگر اس کی حالت میں فرق نہ آیا۔ اس دوران میں کئی مرتبہ اس کا جی چاہا کہ وہ چودھری سے سارا حال کہہ دے۔ اور اپنے کو اس کے رحم و کرم پر چھوڑ دے۔ مگر اس کا احساس خودی جسے خود چودھری کے حسن سلوک نے اس میں پیدا کر دیا تھا، اس کی اجازت نہ دیتا تھا۔ کیا وہ چودھری کے سامنے اعتراف کر لے کہ وہ پرلے درجے کی مکار اور جھوٹی ہے۔ اور ان چار ماہ میں جو اس نے اس گھر میں گذارے ہیں اس کی زندگی کا ایک ایک لمحہ فریب سے پُر تھا۔ اور پھر اس بات کی کیا ضمانت تھی کہ چودھری پر یہ حقیقت کھلنے پر کہ وہ ایک جرائم پیشہ گروہ سے تعلق رکھتی ہے۔ جو کئی گھروں کو لوٹ چکا ہے اور عنقریب اس کو بھی لوٹنے والا تھا۔ اسے بے عزت کر کے گھر سے نکال نہ دیگا۔ چنانچہ اس نے خاموش ہی رہنا مناسب سمجھا

اور اپنے معاملے کو تقدیر پر چھوڑ دیا۔

اسے اس بات کا افسوس نہیں تھا کہ اس نے مائی جمی کے ساتھ ایسا درشت سلوک کیا۔ اگر وہ زمانہ سازی سے کام لیتی تو شاید مائی جمی کو دو تین مہینے تک اور ٹال سکتی تھی، مگر امید و بیم میں رہ کر جینا اس کی آزاد سرشت کے لئے موت سے بدتر تھا وہ چاہتی تھی کہ جو بات بھی ہونی ہو دو ٹوک ہو جائے۔ اور وہ خوش تھی کہ اس نے مائی جی سے اپنا بدلہ لے لیا تھا۔ وہ صبر کے ساتھ اس آنے والی گھڑی کا انتظار کرنے لگی۔ اسے زیادہ زحمت نہ اٹھانی پڑی اور وہ گھڑی آ ہی پہنچی۔

شام کا وقت تھا۔ گھروں میں دیئے جل چکے تھے۔ وہ چولہے کے پاس بیٹھی چودھری کو کھانا کھلا رہی تھی کہ ایک کسان کھانستا ہوا گھر کے آنگن میں داخل ہوا۔

"چودھری صاحب" اس نے کہا "کوئی شخص آپ سے ملنے آیا ہے۔"

"کون ہے؟"

"کوئی بوڑھا زمیندار ہے۔ سفید ڈاڑھی والا۔ نام نہیں بتلایا۔ کہتا ہے بہت ضروری کام ہے۔ بڑی دور سے آیا ہوں۔"

"اچھا اسے باہر چارپائی پر بٹھاؤ اور حقہ بھر کے پلاؤ۔ میں ابھی آتا ہوں۔"

ریشماں کا سر چکرا گیا اور اس نے سہارا لینے کے لئے اپنا ایک ہاتھ زمین پر ٹیک دیا۔ مگر یہ کیفیت لمحہ بھر سے زیادہ نہ رہی۔ وہ سنبھل گئی اور خاموشی سے چودھری کو کھانا کھاتے دیکھنے لگی۔ رفتہ رفتہ اس کے ارادے میں مضبوطی پیدا ہوتی جا رہی تھی۔ اس نے محسوس کیا کہ وہ ہر خطرے کا مقابلہ کر سکے گی۔

کھانا کھا کے چودھری نے کلّی کی۔ ڈاڑھی مونچھ پر ہاتھ پھیرا۔ پھر تہمد کے پلے سے منہ پونچھتا ہوا باہر نکل گیا۔

ایک منٹ، دو منٹ، پانچ منٹ، پندرہ منٹ گزر گئے مگر چودھری نہ آیا۔ ریشماں نے سوچا کہ ابھی وہ اِدھر اُدھر کی باتیں کر رہے ہوں گے اور اصل واقعہ ابھی نہیں چھڑا ہوگا کیونکہ وہ برابر حقے کی گڑگڑاہٹ سن رہی تھی۔

آخر کوئی آدھ گھنٹے کے بعد چودھری واپس آیا۔ اس کی حالت انتہائی اضطراب کی تھی۔ اس کی آنکھیں کھنچی ہوئی تھیں، ہاتھ کانپ رہے تھے اور ڈاڑھی کف آلود تھی۔

"کیوں ری" اس نے لرزتی ہوئی آواز میں پوچھا "تو کرم دین کو جانتی ہے ؟"

ایک ایسی آواز میں جو سرگوشی سے ذرا ہی اونچی تھی ریشماں نے کہا۔

"ہاں"

"تو پھر وہ سب سچ ہے جو وہ کہتا ہے ؟"

بغیر یہ جاننے کی خواہش کئے کہ وہ کیا کہتا ہے ریشماں نے کہا:

"ہاں"

اور اس کے ساتھ ہی اسے ایسا محسوس ہوا جیسے یکبارگی کوئی بڑا بھاری بوجھ اس کے سینے سے اٹھ گیا

"بدذات۔ بے حیا عورت۔"

یہ پہلے سخت لفظ تھے جو چودھری گلاب کی زبان سے اس نے اپنے بارے میں سنے تھے۔ یہ عجیب بات تھی کہ ان لفظوں نے اس کے احساسِ خودی کو صدمہ نہیں پہنچایا۔ بلکہ اسے مزہ آیا اور ایک خفیف سی مسکراہٹ اس کے ہونٹوں پر کھیلنے لگی۔

چودھری نے غصے سے ایک دو مرتبہ زمین پر پاؤں پٹخے۔ کوٹھری کے اندر گیا۔ آنگن میں گھوما۔ جیسے نہیں جانتا کہ کیا کرے۔ آخر وہ باہر نکل گیا۔

ریشماں اب اپنے کو پہلے کی طرح بے خوف اور آزاد محسوس کر رہی تھی ہر قسم کے بندھنوں سے

آزاد جن میں اخلاق عزت نفس اور خودداری کے بندھن بھی شامل تھے۔ ان بندھنوں میں اس نے اپنے کو خواہ مخواہ جکڑ دا لیا تھا مگر اب وہ مسرت کے ساتھ ہر تماشہ دیکھنے کے لئے تیار تھی۔ خواہ وہ انجام کار اس کی اپنی زندگی کا المیہ ہی کیوں نہ ثابت ہو۔

وہ آہستہ آہستہ قدم اُٹھاتی ہوئی آنگن میں گئی اور دروازے کی اوٹ میں کھڑے ہو کے ان کی باتیں سننے لگی۔ وہ دونوں چارپائی پر آمنے سامنے بیٹھے تھے۔ چودھری گلاب بڑے جوش میں کہہ رہا تھا:۔

"نالش دعوے کرنا، عدالت میں جانا تو نامردوں کا کام ہے۔ مردوں کا طریقہ دوسرا ہے۔ اگر تمہیں منظور ہے تو ابھی پس کے فیصلہ کئے لیتے ہیں۔"

"مجھے منظور ہے" کرم دین نے تاؤ کھا کے کہا "میں بھی گیدڑ نہیں ہوں۔"

اس کے تھوڑی ہی دیر بعد چودھری گلاب کرم دین اور ریشماں تینوں کھیتوں کی پگڈنڈیوں پر چلتے ہوئے دیسے کے اس طرف جا رہے تھے جدھر گھنا جنگل تھا اور آبادی کے آثار نہ تھے۔ یہ ماگھ کے آخری دن تھے سردی زوروں پر تھی۔ تیرھویں یا چودھویں کا چاند نکلا ہوا تھا۔ جوں جوں وہ بلند ہوتا جاتا خنکی بڑھتی جاتی۔ انہوں نے گاڑھے کی چادروں میں اپنے کو لپیٹ رکھا تھا۔ دونوں مرد آگے آگے تھے اور ریشماں پیچھے پیچھے۔ وہ خاموش چلتے چلے گئے۔ یہاں تک کہ وہ جنگل میں پہنچ گئے۔ مگر ان کے قدم اب بھی نہیں تھمے۔ وہ چاندنی کرنوں کی روشنی میں جو درختوں کے پتوں سے چھن چھن کر پگڈنڈی پر پڑ رہی تھیں بڑھے چلتے رہے۔ آخر وہ جنگل بھی ختم ہو گیا اور ایک ایسی جگہ آ گئی۔ جہاں ہر طرف ٹیلے ہی ٹیلے تھے۔ خار دار جھاڑیاں تھیں اور مردہ جانوروں کے پنجر پڑے تھے۔ یہ جگہ ایسی اجاڑ تھی کہ رات تو رات دن کے وقت بھی کسی انسان کا ادھر گزر نہیں ہوتا تھا۔

ایک اونچا سا صاف اور ہموار قطعۂ زمین دیکھ کے چودھری گلاب ٹھہر گیا۔

"بس یہ جگہ ٹھیک ہے" اس نے کہا۔ یہ پہلا فقرہ تھا جو پچھلے دو گھنٹے کی مسافت کے دوران ان میں سے کسی کی زبان سے نکلا تھا۔

"جیسی چودھری صاحب کی مرضی" کرم دین نے جواب دیا۔

دونوں کے چہروں پر تناؤ تھا اور ابرو چڑھے ہوئے۔ دونوں نے اپنی اپنی چادریں، پگڑیاں اور کرتے اتار کے زمین پر رکھ دیئے اور تہمد کو لنگوٹ کی طرح کس لیا پھر دو چھویاں چاندنی میں چمکنے لگیں اور دونوں میدان میں اتر آئے۔

ریشماں چلتے چلتے تھک گئی تھی۔ وہ ان سے ذرا فاصلے پر ایک پتھر پر بیٹھ گئی اس کے چہرے پر ایک تحقیر آمیز مسکراہٹ کھیل رہی تھی۔ وہ دلچسپی سے ان کی لڑائی دیکھنے لگی۔ ایسا منظر اس نے اپنی عمر میں پہلے کبھی نہ دیکھا تھا۔ اس کے دل میں اب ذرہ بھر خوف باقی نہ رہا تھا۔ نہ اس کی فکر تھی کہ ان دونوں میں سے کون فتح یاب ہو کر اس کی قسمت کا مالک بنتا ہے۔ وہ بڑی مسرت اور چونچالی کے ساتھ ان بڈھوں کی جنگ دیکھ رہی تھی۔ جیسے بچے مچھیروں کی کشتی کا تماشہ دیکھتے ہیں۔

کچھ دیر تو دونوں چھویاں تلے بے حرکت آمنے سامنے کھڑے رہے۔ اس کے بعد انہوں نے پینترے بدلے۔ چاندنی میں ان کی چاندیں چمک رہی تھیں اور سفید ڈاڑھیاں جو اس وقت اور بھی سفید دکھائی دیتی تھیں ہل رہی تھیں۔

وہ پاؤ گھنٹے تک اسی طرح برابر پینترے بدلا کئے مگر ابھی تک ایک کی چھوی نے دوسرے کے جسم کو نہیں چھوا تھا۔ صرف ایک مرتبہ چودھری گلاب کی چھوی کرم دین کی چھوی سے ٹکرا گئی تھی مگر اس کے بعد دونوں پیچھے ہٹ گئے اسی میں وہ دونوں ہانپنے لگے تھے۔

ریشماں کو اس تماشے سے جلد ہی اکتاہٹ محسوس ہونے لگی تھی، اس نے جمائیاں لینی شروع کر دیں۔ اسے اب سردی بھی لگنے لگی تھی۔ اس نے ٹیلوں کے اس پار دیکھنا شروع کیا۔ شاید وہ کوئی نالہ بہہ رہا

تھا جس کا ہلکا ہلکا شور اس حبس کے عالم میں بڑا تسکین بخش معلوم ہوتا تھا۔

اچانک کرم دین نے ہاتھ سے اشارہ کیا کہ ذرا تھم جاؤ۔ اس کے تہمد کا پلو جس کو اس نے لنگوٹ کی طرح پیچھے اڑس رکھا تھا، باہر نکل آیا تھا۔ اسے ایک ہاتھ میں چھوی اور دوسرے میں لنگوٹ تھلے دیکھ کر ریشماں ضبط نہ کر سکی۔ اور اس نے بے اختیار قہقہہ لگا دیا۔ دونوں مرد پلٹ کر اس کی طرف دیکھنے لگے۔

ریشماں ہنسے جا رہی تھی۔ ہر چند اسے احساس تھا کہ ایسے نازک وقت میں اس کا ہنسنا بڑا خطرناک ثابت ہو سکتا ہے مگر اسے پروا نہ تھی۔

"اگر میں زندہ بچ رہا"کرم دین نے کھسیانا سا ہو کر کہا"تو سب سے پہلے اسی چھنال کے ٹکڑے ٹکڑے کردوں گا"

"اس بے حیا کو تو اب میں کبھی گھر میں نہیں بساؤں گا" چودھری گلاب نے کہا "بس ناک کاٹ کے چھوڑ دوں گا۔"

"تو چودھری آؤ پہلے کیوں نہ اسی کا قصہ پاک کریں۔ ہم بھی کیسے بیوقوف ہیں کہ اس فاحشہ کے پیچھے جانیں دئے دیتے ہیں۔ اس کا کیا ہے کل کسی اور کی بغل گرم کر رہی ہو گی۔"

چودھری گلاب نے کچھ جواب نہ دیا۔ کرم دین نے اس کی خاموشی کو رضا تصور کیا اور وہ یکبارگی چھوی لے کر ریشماں کی طرف جھپٹا۔ مگر جلدی میں کپڑوں کے ڈھیر میں اس کا پاؤں الجھ گیا اور ریشماں کو بھاگنے کا موقع مل گیا۔ وہ تیزی سے دوڑ کر ایک ٹیلے پر چڑھ گئی۔ کرم دین بھی اس کے پیچھے بھاگا۔ اسے دیکھ کر وہ پھر دوڑی۔ کرم دین نے اس کا پیچھا نہ چھوڑا۔ دونوں دیر تک ٹیلوں پر ادھر ادھر بھاگتے رہے۔ کرم دین دوڑتے دوڑتے بیدم ہو گیا تھا۔ مگر انتقام کی آگ نے اسے ایسا باؤلا بنا دیا تھا کہ وہ گرتا پڑتا اس کا تعاقب کئے جا رہا تھا۔ یہ سلسلہ آدھ گھنٹے تک جاری رہا۔ بالآخر ریشماں کے کپڑے ایک جھاڑی کے کانٹوں میں

الجھ گئے اور دوسرے لمحے کرم دین نے تک کے اسے چُٹیا سے پکڑ لیا۔ وہ گھسیٹتا ہوا لے چلا۔ ریشماں نے دانتوں سے اس کے ہاتھوں کو کاٹ کاٹ کے لہو لہان کر دیا۔ مگر اس نے چُٹیا نہ چھوڑی۔

دونوں اس جگہ پہنچے۔ جہاں چودھری گلاب ان کا انتظار کر رہا تھا اس دوران میں وہ کپڑے پہن چکا تھا۔ اس بلا کی سردی میں ننگے رہنے پر اس کا جسم اکڑ گیا تھا۔ مگر اب گاڑھے کی چادر کی بکل مارے وہ بہت مگن معلوم ہوتا تھا۔

کرم دین نے کہا: "بے حیا بھاگنا چاہتی تھی۔ مگر میں بھی پاتال تک اس کا پیچھا نہ چھوڑتا۔ کیوں چودھری جی لگاؤں ایک ہاتھ؟"

یہ کہہ کر اس نے چھوی اُٹھائی۔ چودھری گلاب جواب نہ دینے پایا تھا کہ ایک آواز ٹیلوں میں گونج اٹھی:-

"او چودھریو۔ ٹھہر جاؤ"

یہ مائی جمی تھی جو اُن کے پیچھے پیچھے چلتی رہی تھی اور ایک ٹیلے کے کھڈ میں چھپ کے دور سے سارا ماجرا دیکھتی رہی تھی۔

"او بردہ فروش چڑیل تو کہاں سے آ گئی" کرم دین نے غصے میں کہا۔ "یہ سب تیری ہی کرتوت ہیں۔ آ اس کے ساتھ تیری زندگی کا بھی قصہ پاک کریں۔"

چند لمحوں میں مائی جمی ان کے پاس پہنچ گئی۔

"لو مار ڈالو" اس نے بے خوفی سے اپنا سینہ آگے کرتے ہوئے کہا، "مگر یاد رکھو تم بھی پھانسی سے نہیں بچو گے۔ میرے کنبے والے تھانے میں فوراً اطلاع کر دینگے۔ اور سپاہی آ کے تمہیں ہتھکڑیاں لگا کے لے جائیں گے!"

"کیا بکتی ہے کتنی" چودھری گلاب نے کہا۔ "وہ اب تک اس قصے میں خاموش رہا تھا۔ مگر جمی

کی اس زبان درازی کو برداشت نہ کر سکا۔

کچھ لمحے خاموشی رہی اس کے بعد جمی نے پھر زبان کھولی مگر اب کے اس کا لہجہ مصالحت آمیز تھا۔

"سنو" اس نے کہا "اگر تمہیں وہ سارا روپیہ مل جائے جو تم نے اس پر خرچ کیا ہے، تو کیا تم اسے مجھے دے دو گے؟"

دونوں شخص کچھ دیر سوچتے رہے اس کے بعد کرم دین نے کہا:

"اگر میرے چار سو روپے مجھے واپس مل جائیں تو پھر وہ چاہے بھاڑ میں جائے میری بلا سے۔"

"تم چار سو چھوڑ پانچ سو لینا۔ اور چودھری گلاب تم کیا کہتے ہو۔"

"اگر کرم دین کو اعتراض نہیں تو مجھے بھی اعتراض نہیں" چودھری نے دھیمے لہجے میں کہا۔

"تمہیں بھی تمہارا سات سو روپیہ مل جائے گا۔ چودھری گلاب۔ بات یہ ہے کہ یہاں سے کوئی دس کوس پر ایک نمبردار رہتا ہے جو ریشماں جیسی لڑکی کے دو ہزار روپے دینے کو تیار ہے۔ تم مجھے ایک دن کی مہلت دو اور ریشماں کو بھی اپنے پاس رکھو۔ کل شام کو جب میں تمہارا روپیہ لوٹا دوں گی تو تم اسے میرے حوالے کر دینا۔"

ریشماں نے گردن اٹھائی۔ مائی جمی کی طرف دیکھا اور ایک جھرجھری لی۔ چودھری گلاب نے مائی جمی کی بات کا کچھ جواب نہ دیا۔ مائی جمی نے اس کی ضرورت نہ سمجھی۔ اس کے لیے اس کی خاموشی ہی کافی تھی۔

اب کرم دین بھی کپڑے پہن چکا تھا۔ وہ چاروں واپس چل دیے پہلے کی طرح مرد آگے آگے اور عورتیں پیچھے پیچھے سردی اب پہلے سے بڑھ گئی تھی جس کی وجہ سے اب ان کے قدم آپ ہی آپ تیز تیز اٹھ رہے تھے۔ کچھ دیر تو وہ خاموشی سے چلتے رہے۔ آخر کرم دین نے چودھری گلاب سے کہا:

"بڑی خشک سردی پڑی ہے اب کے سال۔ ہماری فصلوں کا تو ناس ہی ہو گیا۔ یہاں کیا حال ہے چودھری صاحب؟"

"یہاں ابھی بارش کی ایک بوند نہیں پڑی" چودھری گلاب نے جواب دیا۔

"پھر یہ خشک سردی بیماریاں بھی تو لاتی ہے۔ خاص کر ڈھور ڈنگر کے لئے۔ میری ایک بھینس پالا کھا کے مر گئی۔"

"اوہو"

کچھ دیر پھر خاموشی رہی۔

"چاول کا کیا بھاؤ ہے یہاں"؟ کرم دین نے پھر پوچھا۔

"بیگمی سوا دو سیر" چودھری گلاب نے جواب دیا۔

"ہمارے ہاں ڈھائی سیر کا بھاؤ ہے"۔ کرم دین نے کہا۔

ریشماں اس خنک چاندنی میں ایک خواب کے سے عالم میں چلی جا رہی تھی نہ تو اس کے کان کچھ سن رہے تھے نہ آنکھیں کچھ دیکھ رہی تھیں اور نہ یہ خبر تھی کہ قدم کہاں پڑ رہے ہیں ✦

پُتلی بائی

محبت کا جذبہ پہلے پہل انسان کے دل میں کب بیدار ہوتا ہے، اس کے لئے عمر کی کوئی قید نہیں بعض لوگ لڑکپن ہی سے عاشق مزاج ہوتے ہیں اور بعض بلوغت کو پہنچ کے بھی اس جذبے سے بے بہرہ ہی رہتے ہیں۔

میری عمر کوئی نو دس برس کی ہوگی کہ مجھے عشق ہوگیا۔ عہدِ طفلی کا وہ معصوم عشق نہیں جو کھلونوں سے بہل جاتا ہے۔ بلکہ سچ مچ کا ہجر و وصال والا عشق جس میں محبوب کی یاد آہیں بھرواتی ہے۔ دل میں ہوک اٹھتی ہے۔ چہرے کا رنگ زرد رہنے لگتا ہے۔ بھوک پیاس کی سدھ نہیں رہتی۔

جس نے مجھے اس مرض میں مبتلا کیا وہ میری کوئی ہم عمر لڑکی نہ تھی۔ بلکہ بیس بائیس برس کی ایک پوری جوان عورت تھی۔ ایک خوبصورت ایکٹرس!

اُن دنوں ہم جس محلے میں رہتے تھے۔ اس کے قریب ہی ایک تھیٹر تھا اس کے پچھواڑے ایک گلی تھی جس میں کئی چھوٹے چھوٹے مکان تھے۔ ان مکانوں میں متوسط درجے کے لوگ رہا کرتے تھے علاوہ ازیں کچھ کمرے تھیٹر کے مالک نے اپنے ایکٹروں کے رہنے کے لئے کرائے پر لے رکھے تھے اس ایکٹرس کو جو دو کمرے دئے گئے وہ ہمارے مکان کے بالکل سامنے تھے۔ اور خاص کر وہ کمرا تو جس میں وہ سویا کرتی تھی۔ میرے اس چھوٹے سے کمرے کے عین مقابل تھا جو والد نے مجھے لکھنے پڑھنے کے لئے دے رکھا تھا۔ اس کا کمرا روشنی

کے کچھ ایسے رُخ پر تھا کہ باوجود اس چق کے جو ہر وقت اس کے دروازے پر پڑی رہتی تھی، مجھے کمرے کی ایک ایک چیز صاف دکھائی دیتی تھی۔ چنانچہ میں اپنے کمرے کی کھڑکی میں سے اسے دن رات دیکھا کرتا، سوتے جاگتے۔ اٹھتے بیٹھتے، سنگھار کرتے، کھانا کھاتے۔ کبھی کبھی میں اپنے کمرے کی کھڑکی بند کر لیتا، تاکہ اس کے شیشوں میں سے اسے اور زیادہ آزادی کے ساتھ دیکھ سکوں۔

میں اپنے ماں باپ کا اکلوتا بیٹا تھا۔ والد کی کاروباری مصروفیتیں اُنھیں دن بھر گھر سے باہر رکھتیں۔ والدہ کا وقت زیادہ تر باورچی خانے میں کٹتا۔ کھانا پکانے سے فرصت ملتی، تو سینا پرونا لے بیٹھتیں۔ غرض گھر میں مجھے اس تاک جھانک سے کوئی روک ٹوک نہ تھی۔

وہ ایک دُبلی پتلی نازنین سی عورت تھی۔ تیلی بائی کا نام اس پر خوب پھبتا تھا۔ قد کسی قدر لمبا۔ بال سیاہی میں سنہرا پن لئے ہوئے جو اس کی کمر تک پہنچتے تھے۔ بلور کی طرح صاف و شفاف جسم۔ چہرہ کندن کی طرح دمکتا ہوا، ماتھے پر سُرخ بندی نشیلی نشیلی سی آنکھیں جنہیں کاجل سے لمبا لمبا بنا لیا جاتا اور جو مصرِ قدیم کی عورتوں کی آنکھوں کی یاد دلاتی تھیں۔ ہاتھ پاؤں میں مہندی رچی ہوئی۔ حرکات میں ایک تھکی تھکی سی کیفیت۔ صبح کو جس وقت وہ انگڑائی لیتی ہوئی پلنگ سے اُٹھتی تو اس کی لمبی لمبی لچکتی ہوئی باہوں میں شاخوں کی سی ادا پیدا ہو جاتی۔

اس کا شب خوابی کا لباس بس باریک ململ کی ایک سفید دھوتی تھا جسے وہ بے پروائی سے اپنے گرد لپیٹے رکھتی اور جس میں سے اس کے جسم کے خطوط و خم کی ساری رعنائیاں پھوٹی پڑتیں۔ اُسے پھولوں کا بہت شوق تھا میں نے اس کی سنگھار میز کسی روز بھی پھولوں کے گلدستے سے خالی نہیں دیکھی کبھی کبھی اس کی خواب گاہ کی کسی دیوار کی کھونٹی پر بھی پھولوں کا ہار ٹنگا ہوا نظر آتا وہ خود بھی اپنے جسم کو پھولوں کے طرح طرح کے گہنوں سے آراستہ کیا کرتی۔ چنانچہ صبح کو اس کے بستر پر گلے میں، کانوں میں کلائیوں پر، جوڑے میں پھول ہی پھول دکھائی دیتے۔ رات بھر میں وہ باسی ہو جاتے، اور صبح کو وہ انھیں نوچ نوچ کے پھینک دیتی۔

یہ وہ پھول تھے جو ہر روز رات کو اس کے مداح اسٹیج پر اُس پر نچھاور کیا کرتے تھے۔

میں دھڑکتے ہوئے دل کے ساتھ ایک حیرت کے عالم میں اس کی کیفیت دیکھا کرتا۔ گھنٹوں دیکھتے رہنے پر بھی سیری نہ ہوتی۔ خاص کر اتوار کو جب مجھے اسکول سے چھٹی ہوتی۔ تو میں اسکول کے کام کے بہانے سارے دن اپنے کمرے میں پڑا رہتا اور اس کو مختلف کیفیتوں میں دیکھا کرتا اور دنوں میں جب مجھے طوعاً و کرہاً اسکول جانا پڑتا وہاں بھی میرا وقت اُسی کے خیال میں کٹتا۔ کئی بار میری بے خیالی اور سبق سے عدم توجہی پر اُستاد میری سرزنش کر چکے تھے۔ چنانچہ مجھ کو بڑی کوشش کے ساتھ اپنا دھیان کتاب کی طرف لگانا پڑتا۔ مگر جیسے ہی اسکول سے چھٹی ہوتی، بھاگا ہوا گھر پہنچتا۔ اور سب سے پہلے اپنے کمرے میں پہنچ کے اپنی محبوبہ پر ایک نظر ڈالتا۔ وہ عموماً اس وقت تک ریہرسل سے آچکی ہوتی اور غسل کر کے سنگھار میز کے سامنے بیٹھی اپنے لمبے سیاہی مائل سُنہرے بالوں میں کنگھی کر رہی ہوتی۔

کبھی کبھی وہ آئینے کے سامنے بیٹھی خود اپنے حسن کا مشاہدہ کرنے میں محو ہوتی۔ وہ اپنے جسم کو گھما پھرا کے مختلف زاویوں سے اس پر ناقدانہ نظریں ڈالتی۔ ایسے میں مَیں چُپکے سے اپنے کمرے کے دروازے میں اندر سے کنڈی لگالیتا۔ اور اس کے ساتھ ہی کھڑکی کے پٹ بھی بند کر دیتا تاکہ اُسے شبہ تک نہ ہو کہ کوئی اُسے دیکھ رہا ہے۔ اور چُپکے چُپکے کھڑکی کے شیشے میں سے اسے دیکھتا رہتا۔ اس کا یہ انداز مجھے ان قدیم یونانی مرمریں مجسموں کی یاد دلایا کرتا جنھیں میں نے اپنے شہر کے عجائب خانے میں دیکھا تھا۔

اس کے ساتھ کوئی مرد نہ تھا۔ بس ایک بوڑھی ماما تھی جو اوپر کا کام بھی کرتی اور ہنڈیا بھی پکاتی تھی۔ یہ کام وہ دوسرے کمرے میں انجام دیتی۔ اور میری محبوبہ زیادہ تر اپنی خواب گاہ ہی میں رہا کرتی۔ اس سے کوئی ملنے نہیں آتا تھا۔ البتہ کسی کسی شام تھیٹر کا مالک موٹر لے کے نیچے آجاتا، اور ہارن بجاتا۔ وہ پہلے ہی سے تیار ہوتی اور اس کے ساتھ موٹر میں بیٹھ کے سیر کو چلی جاتی۔ ایسے موقعوں پر میں اس سے پہلے ہی گلی سے باہر سڑک پر پہنچ جایا کرتا تاکہ قریب سے اس کو ایک نظر دیکھ سکوں اس سے آنکھیں چار کرنے کی مجھے

کبھی جرأت نہیں ہوئی۔ میں عموماً اُسے چھپ چھپ کے یا صرف اس وقت گھورا کرتا جب وہ میری طرف نہ دیکھ رہی ہوتی۔

میرے والد پُرانے خیال کے آدمی تھے اور تھیٹر تماشے کو بُرا جانتے تھے۔ میں کبھی یہ تصور بھی نہ کر سکتا تھا کہ مجھے تھیٹر جانے کی اجازت مل جائے گی۔ اس لئے اپنی محبوبہ کو اسٹیج پر دیکھنے کی حسرت میرے دل ہی میں رہتی۔ البتہ میں اس کی آواز برابر سنا کرتا۔ اس کے لئے مجھے راتوں کو جاگنا پڑتا۔ پچھلے پہر جب سب سو جاتے تو رات کے سناٹے میں اس کی آواز تھیٹر سے ہمارے گھر تک صاف سنائی دیا کرتی اور میں اس کے سُریلے نغموں کو سن سن کے میٹھے سپنوں میں کھو جاتا۔

دن پر دن گزرتے گئے۔ اور میرا عشق بڑھتا ہی چلا گیا۔ اس کا نتیجہ یہ ہوا کہ میں روز بروز دُبلا ہوتا گیا۔ میرے چہرے کا رنگ زرد رہنے لگا۔ آنکھوں کے نیچے گڑھے پڑ گئے۔ میں ہر وقت سہما سہما سا رہتا۔ کسی سے آنکھ ملا کے بات کرنے کی مجھے جرأت نہ ہوتی۔ شاید ڈرتا تھا کہ کہیں میری آنکھیں میرے دل کا راز فاش نہ کر دیں۔

میرے ماں باپ نے میری یہ حالت دیکھی تو سخت فکر مند ہوئے والد مجھے ایک حکیم صاحب کے پاس لے گئے۔ وہ حضرت دیر تک میری نبض دیکھا کئے۔ مگر انہیں کچھ معلوم نہ ہو سکا کہ مجھے کیا مرض ہے فرمانے لگے "لڑکا پڑھنے میں بہت محنت کرتا ہے۔ اسے خشکی ہو گئی ہے۔" اور انہوں نے کئی قسم کی مرغن غذائیں میرے لئے تجویز کیں۔ میرے لئے گھر کا معمولی کھانا بھی زہر تھا۔ ان غذاؤں سے رغبت کیونکر پیدا ہوتی۔ چنانچہ والدہ کے سخت اصرار پر دو چار نوالے حلق سے اُتار کے ہاتھ کھینچ لیتا۔

یہ تو گھر کا حال تھا۔ اسکول میں مجھے اور بھی مشکل پیش آتی۔ وہاں میری تندرستی کی تو کسی کو فکر نہ تھی۔ البتہ تعلیم کی طرف سے بے پروائی کسی طرح بھی برداشت نہ کی جا سکتی تھی۔ اور میری یہ کیفیت تھی کہ مجھے معلوم ہی نہ ہوتا کہ استاد پڑھا کیا رہے ہیں وہ مجھے سزائیں دے دے کے تھک گئے تھے انہیں

حیرت تھی کہ وہ لڑکا جس کو وہ ہونہار سمجھ رہے تھے، اچانک ایسا غبی کیونکر ہو گیا۔

گھر آ کر جب میں کھڑکی میں سے اپنی محبوبہ کو دیکھتا تو خوشی کی ایک لہر میرے سارے جسم میں دوڑ جاتی اور میں دن بھر کی تکلیفیں بھول جاتا۔

ایک دن مجھے اسکول سے جلد ہی چھٹی مل گئی۔ مجھے خوب یاد ہے۔ یہ بڑا سہانا دن تھا۔ کئی روز کی مسلسل گرمی اور دھوپ کے بعد آسمان پر ابر چھایا تھا۔ ٹھنڈی ہوا چلنے لگی تھی۔ میرے ساتھی تو گیند بلّا اور فٹ بال لیکر خوشی خوشی کھیل کے میدان کی طرف چلے اور میں نے گھر کی راہ لی۔ جلد جلد مکان کی سیڑھیاں چڑھ کے اپنے کمرے میں پہنچا۔ کھڑکی سے جھانکتا تھا کہ میرا دل دھک سے رہ گیا۔ میری محبوبہ جن دو کمروں میں رہتی تھی وہ خالی پڑے تھے۔ چقیں اتار لی گئی تھیں۔ اور کھلے دروازوں کے کواڑ ہوا سے ہل رہے تھے۔ میں دوڑ کر نیچے گلی میں پہنچا اور بازار کی طرف گیا۔ جدھر تھیٹر کا دروازہ تھا۔ دیکھتا کیا ہوں کہ تھیٹر کے پردے اور سازوسامان چھکڑوں پر لادا جا رہا ہے۔ میں بھونچکا رہ گیا۔ کمپنی کا ایک ملازم لڑکا اسباب لدوا رہا تھا میں نے ڈرتے ڈرتے اس سے پوچھا۔

"یہ کمپنی کہاں جا رہی ہے؟"

"دوسرے شہر کو" اس نے جواب دیا۔

"وہاں سے کب واپس آئے گی؟"

"واپس نہیں آئے گی، وہاں سے کسی اور شہر کو چلی جائے گی۔"

"کیا یہاں پھر کبھی نہیں آئے گی؟"

"کیا پتہ۔ شاید پانچ چھ برس کے بعد پھر آنا ہو۔"

یہ سن کر مجھ پر جیسے بجلی سی گر پڑی۔ اس لڑکے کو میری حالت پر اچنبھا ہوا۔ وہ مجھ سے کچھ پوچھنے ہی کو تھا کہ میں جلد ہی سنبھل کر وہاں سے بھاگ آیا۔

یہ بات تو میرے وہم و گمان میں بھی نہ تھی کہ یوں بھی ہو سکتا ہے۔ میں گرتا پڑتا گھر پہنچا۔ میں نے بے جان سا ہو کے اپنے کو پلنگ پر پٹخ دیا۔ نہ جانے کب تک میں بے حس پڑا رہا۔ جب ہوش آیا تو میرا جسم تنور کی طرح تپ رہا تھا۔ کئی دن تک میری یہی کیفیت رہی۔ والد نے میرے علاج معالجے میں کوئی کسر نہ اٹھا رکھی۔ آئے دن نئے نئے ڈاکٹر، حکیم مجھے دیکھنے آتے۔ والدہ دیر دیر تک سجدے میں پڑی میری صحت یابی کے لئے دعائیں مانگا کرتیں۔ اور طرح طرح کی منتیں مانتیں۔ آخر خدا نے مجھے شفا دی اور میں کوئی دو مہینے کے بعد بستر سے اُٹھ بیٹھا۔

ان ہی دنوں ایسا اتفاق ہوا کہ والد کو اپنا کاروبار کسی دوسرے شہر میں منتقل کرنا پڑا۔ چنانچہ ہم سب ان کے ساتھ اس شہر کو خیرباد کہہ وہاں جا بسے۔ اور اس طرح تبدیلئ آب و ہوا سے میں رفتہ رفتہ بالکل اچھا ہو گیا۔

اس کے بعد جو دس برس گزرے ان میں میں نے تُتلی بائی کو پھر کبھی نہیں دیکھا۔ اس عرصے میں میں نے اپنی تعلیم مکمل کر لی۔ اور والد کے کاروبار میں ان کا ہاتھ بٹانے لگا۔ اس کا مطلب یہ نہیں کہ میں نے اپنے لڑکپن کے عشق کو فراموش کر دیا تھا یا اس عورت کی یاد میرے دل سے محو ہو گئی تھی۔ میں اب بھی درد محبت کی اس خلش کو محسوس کرتا تھا۔ میں اب بھی اکثر اس کے تصور سے دل بہلایا کرتا تھا۔ البتہ اب میرے دل کو صبر آ گیا تھا۔ اور اس کی یاد لذت بخش تھی۔

جب میری عمر پچیس برس کی ہوئی۔ تو والد نے اپنے ایک عزیز دوست کی صاحبزادی سے، جو علاوہ قبول صورت ہونے کے پڑھی لکھی بھی تھی، میرے رشتے کی بات ٹھہرائی۔ مجھے شادی کی کچھ ایسی خواہش نہ تھی، مگر والدین کی خوشی کے آگے میں نے سر جھکا دیا۔ شادی کی تیاریاں ہونے لگیں۔ جب شادی میں ایک مہینہ رہ گیا تو میں نے والد سے کہا کہ میں گرمیوں کے دو ہفتے اپنے ایک دوست کے پاس پہاڑ پر گزارنا چاہتا ہوں۔ اُنھوں نے کسی قدر تامل کے بعد مجھے اجازت دیدی۔ دراصل میں تاہُل

کے رشتے میں جکڑے جانے سے پہلے اپنی آزادی کے آخری دن فراغت سے گزارنا چاہتا تھا۔

وہ پہاڑی اسٹیشن جہاں میں اپنے دوست کے ہاں مہمان ٹھہرا تھا اپنے پورے شباب پر تھا ہم اتنا اچھا تھا کہ پچھلے کئی برس میں دیکھنے میں نہیں آیا تھا۔ چنانچہ چاروں طرف سے مخلوق ٹوٹ پڑی تھی۔ کوئی پورے سیزن کے لئے، کوئی دو مہینے کے لئے اور کوئی ہفتے ہی بھر کے لئے چلا آیا تھا۔ تمام ہوٹل اور مکان سیلانیوں سے کھچا کھچ بھرے ہوئے تھے۔ ان میں زیادہ تر مرفہ الحال لوگ تھے جو نشاط اور تفریح کی تلاش میں یہاں آئے تھے۔ ان کی بیٹیاں چست لباس پہن کر گھوڑے کی سواری کرتیں۔ لڑکے جوا کھیلتے۔ بیویاں شادی سے پہلے کے معاشقوں کے ہیرؤں کو جن کے جذبات سرد پڑ چکے ہوتے، رام کرنے کے لئے زیادہ سے زیادہ میک اپ کرتیں اور ان سے طرح طرح کے کام نکلوانے میں ہمہ تن مصروف رہتیں اور شوہر کلب میں اپنی جوانی کے پرانے دوستوں کے ساتھ مل کر وسکی پیتے اور ایک دوسرے کو فحش لطیفے سناتے رہتے۔ جوان لڑکوں اور لڑکیوں سے کہیں زیادہ ادھیڑ عمر والوں کے رومان چلتے، اور شادی بیاہ کے مرحلے طے ہوتے۔

میرا میزبان ایک عیال دار اور کاروباری شخص تھا۔ اس کو اپنے ہی جھمیلوں سے فرصت نہ تھی کہ میری طرف توجہ کرتا چنانچہ اس نے مجھے بخوشی اجازت دیدی تھی کہ جہاں چاہوں جاؤں اور جب چاہوں آؤں۔ اگر کھانے کے وقت پر آ جاؤں تو خیر ورنہ میرا انتظار نہ کیا جائے۔ اس طرح مجھے اس مقام پر آزادی سے گھومنے پھرنے کا خوب موقع مل گیا اور میں نے دس بارہ روز ہی میں خوب سیر و تفریح کر لی۔

ایک دن سہ پہر کو میں ایک لمبی سڑک پر، جو ایک اونچے پہاڑ کے گرداگرد تقریباً ہموار چلی گئی تھی چلا جا رہا تھا کہ سامنے سے دو عورتوں کو آتے دیکھا۔ یوں تو اس سڑک پر ایک سے ایک فیشن ایبل عورت نظر آتی تھی، مگر ان کا انداز مختلف تھا۔ ان کے سنگھار اور لباس میں بھڑک کم اور سادگی زیادہ تھی

وہ ہلکے رنگوں کی ساڑھیاں پہنے ہوتے تھیں۔ ایک ہی نظر میں میں نے اپنے بچپن کی محبوبہ تھیئٹر کی ایکٹرس تیلی بائی کو پہچان لیا۔ ہر چند وہ اب ادھیڑ عمر ہوگئی تھی اور جسم میں کسی قدر بھاری بھرکم پن بھی آگیا تھا، مگر سنگھار اور چست لباس نے ابھی تک اسے جوان بنائے رکھا تھا۔ اس کا حسن آج بھی ویسا ہی نظر فریب تھا جیسا کہ پندرہ برس پہلے میں نے دیکھا تھا۔ بال ویسا ہی سیاہی میں سنہرا پن لئے ہوئے، چہرہ پہلے سے زیادہ دمکتا ہوا، وہی نشیلی نشیلی سی آنکھیں جو مجھے بے خود بنا دیا کرتی تھیں۔ پھولوں سے اس کا شوق بدستور قائم معلوم ہوتا تھا۔ کیونکہ ڈیلیا کا ایک سیاہی مائل سُرخ پھول اس کے جوڑے کی زینت تھا۔

اس کو دیکھ کر میں مبہوت رہ گیا۔ اور پھر لمحہ بھر ہی میں میرے دل میں اپنے لڑکپن کا خوابیدہ جذبہ عشق ایک طوفان کی طرح امنڈنے لگا۔ اب میں لڑکا نہیں تھا۔ بلکہ پچیس برس کا ایک پورا جوان تھا میرے احساسات اب مبہم نہیں رہے تھے۔ بلکہ واضح اور زیادہ گہرے ہو گئے تھے۔ اب میں بخوبی سمجھنے لگا تھا کہ ایک مرد جب کسی عورت سے محبت کرتا ہے تو وہ اس سے کیا چاہتا ہے۔

تیلی بائی کے ساتھ جو نوجوان لڑکی تھی وہ بھی حسن و جمال میں اس سے کسی طرح کم نہ تھی۔ بلکہ شباب نے اس کے حسن کو کچھ زیادہ ہی شاداب بنا دیا تھا لیکن مجھ کو اس کے حسن و شباب سے کیا غرض تھی میری نظریں تو اپنی محبوبہ کے پیارے پیارے چہرے ہی پر گڑی ہوئی تھیں۔

ذرا سی دیر میں وہ دونوں میرے سامنے سے گزر گئیں میں پلٹا۔ اور میرے قدم مجھے بے اختیار ان کے پیچھے پیچھے لے گئے۔ تقدیر نے یوں غیر متوقع طور پر مجھے اس کے دیدار کا جو موقع دیا تھا۔ میں چاہتا تھا اس سے پورا پورا فائدہ اٹھاؤں۔ اس کو جی بھر کے دیکھ لوں۔ پھر کون جانے کب دیکھنا نصیب ہو یا ممکن ہے کہ شادی کے بعد میں اس کے خیال تک کو گناہ سمجھنے لگوں۔ لیکن ابھی تک تو میں آزاد تھا۔

وہ دیر تک اس سڑک پر چہل قدمی کرتی رہیں۔ میں بھی ان سے تھوڑی دور رہ کر ان کا تعاقب کرتا رہا۔ جب کبھی وہ سورج اور بادلوں یا نیچے پھیلی ہوئی وادی کا نظارہ کرنے ٹھہر جاتیں تو میں بھی رک جاتا

لیکن اس طرح کہ میری بیگانگی کا بھرم قایم رہے۔ کبھی کبھی وہ سڑک کے کنارے زمین پر لگی ہوئی کسی کان پر چیزیں دیکھنے ٹھہر جاتیں تو میں ان سے آگے بڑھ جاتا۔ مگر تھوڑی ہی دور جاکر لوٹ آتا۔ اس طرح مجھے اپنی محبوبہ کا چہرہ اچھی طرح دیکھنے کا موقع مل جاتا۔

غروب آفتاب کے بعد وہ سیر سے لوٹیں۔ اور تھوڑی دیر میں ایک متوسط درجے کے فیشن ایبل ہوٹل میں پہنچ گئیں۔ میں دل میں بہت خوش تھا کہ میں نے ان کی قیام گاہ کا پتہ لگالیا ہے۔ اس سے زیادہ میں کچھ چاہتا بھی نہ تھا۔ نہ مجھے اس کے حالات معلوم کرنے کی خواہش تھی نہ یہ جاننے کی کہ وہ تھیئٹریکل کمپنی میں کام کرتی ہے یا اس پیشے سے الگ ہوگئی ہے۔ میں تو فقط اس کی صورت کا دیوانہ تھا جیسے کسی کو آرٹ کی کوئی تصویر عزیز ہو۔

اگلے روز دیدار کی ہوس مجھے کشاں کشاں اس ہوٹل کی طرف لے گئی کوئی دو گھنٹے کے بعد جس کے دوران میں میں نے اس ہوٹل کے پچاسوں چکر کاٹ ڈالے ہوں گے، وہ دونوں پھر نمودار ہوئیں آج انھوں نے اور ہی رنگوں کی ساڑھیاں پہن رکھی تھیں۔ میں نے دھڑکتے ہوئے دل کے ساتھ پھر تعاقب کا سلسلہ شروع کر دیا۔ اور اس وقت تک پیچھا نہ چھوڑا جب تک کہ انہیں واپس ہوٹل میں نہ پہنچا دیا۔

تیسرے دن جو اس پہاڑ پر میرے قیام کا آخری دن تھا میری بے قراری کچھ زیادہ بڑھ گئی تھی، اور میں نے صبح ہی سے ہوٹل کا طواف شروع کر دیا تھا۔ گیارہ بجے کے قریب وہ نمودار ہوئیں اور کوئی گھنٹہ بھر تک دکانوں میں خرید و فروخت کرنے کے بعد وہ پھر ہوٹل میں پہنچ گئیں۔ میرے دل نے وہاں سے جانا گوارا نہ کیا اور میں نے وہ دن اسی ہوٹل کے پاس گزارنے کا فیصلہ کر لیا۔

سہ پہر کو چار بجے وہ پھر ہوٹل سے نکلیں۔ میں انتظار کرتے کرتے تھک کے چور ہو گیا تھا۔ مگر اپنی محبوبہ کو دیکھنا تھا کہ اچانک مجھ میں پھر چستی و توانائی پیدا ہوگئی۔ چونکہ اسے دیکھنے کا یہ آخری موقع تھا اور

میرا دل اسکے قرب کا متمنی تھا۔ اس لئے میں نے ساری احتیاطیں بالائے طاق رکھ کے ان کے قریب قریب ہو کے چلنا شروع کر دیا ——— شام ہو چکی تھی۔ ہم ایک چھوٹی سی بل کھاتی ہوئی سڑک پہ چلے جا رہے تھے نیچے میلوں تک وادی پھیلی ہوئی تھی جس پر دھند کی چادر گہری ہونی شروع ہو گئی تھی۔ دیودار کے اونچے اونچے درختوں کے لامتناہی سلسلے سڑک کے کنارے سے شروع ہو کے نیچے کھڈوں میں دور دور تک چلے گئے تھے۔ مغرب میں سرمئی بادل شفق کے لالہ زار پر چھائے جا رہے تھے۔ اندھیرا پھیلتا جا رہا تھا۔ اور لوگوں کی آمد و رفت کم ہو چلی تھی۔ ہوا نرم اور سبک تھی۔ میں ایک نشے کے سے عالم میں بہا چلا جا رہا تھا۔ اس وقت میرے اور ان کے درمیان پانچ سات قدم ہی کا فاصلہ رہ گیا تھا۔

اچانک ایک موڑ پر پہنچ کے تتلی بائی پیچھے مڑی اور مجھے گھورنے لگی۔ میرے قدم وہیں جم کے رہ گئے اور اتنی ہمت نہ ہوئی کہ ان کے پاس سے گزر جاؤں۔ وہ نہایت غصے میں تھی۔ اس کی آنکھوں سے قہر و غضب برس رہا تھا۔ اس نے بلند آواز میں ایک ایک لفظ پر زور دیتے ہوئے گویا اسٹیج پر ایکٹ کر رہی ہو مجھ سے کہا:

"بدمعاش تو میری بیٹی کا پیچھا کرنے سے باز نہیں آئے گا۔ میں تجھے پولس کے حوالے کر دوں گی۔"

مجھے چکر آ گیا۔ اگر میں جلدی سے ایک درخت کی ٹہنی کو نہ تھام لیتا تو میرا کھڈ میں گر پڑنا یقینی تھا۔

خدا معلوم وہ لوگ کب اور کدھر چلے گئے خدا معلوم میں کب اور کس راستے سے اپنے ٹھکانے پر پہنچا۔ لیکن وہ دن اور آج کا دن اپنے بچپن کے اس رومان کی یاد سے جی بہلانے کی میرے دل میں پھر کبھی خواہش پیدا نہ ہوئی +

مکرجی بابو کی ڈائری

کئی روز کی مسلسل مصروفیتوں کے بعد ورما ایشیاٹک کمپنی کے اسسٹنٹ ڈائریکٹر مکرجی بابو کو فراغت کی ایک شام نصیب ہوئی تو انھوں نے سوچا کہ اسے یونہی نہیں گنوانا چاہیے۔ لندن کی ایک تنگ اور پُرپیچ گلی میں، جو پکاڈلی سرکس سے زیادہ دور نہ تھی، ایک پرانے مکان کی چوتھی منزل پر ان کا ایک چھوٹا سا دفتر تھا۔ دفتر کیا تھا ایک مختصر سا بیڈ سٹنگ روم تھا جس کو دو تین چھوٹی چھوٹی میزوں، کرسیوں، ٹائپ رائٹر، میز پر رکھے ہوئے ٹیلی فون اور فائلوں کی کثرت نے جنھیں کمرے کے گوشوں میں سلیقے اور بڑی ترتیب سے چنا گیا تھا۔ اچھا خاصا کاروباری رنگ دے دیا تھا۔

مکرجی بابو آج دفتر میں اکیلے ہی تھے، کیونکہ ڈائریکٹر پچھلے روز، پیرس کے ہفتہ بھر کے دورے پر چلا گیا تھا۔ اور سوس ٹائپسٹ لڑکی نے، جس کا کام دفتر کی دیکھ بھال اور جھاڑ پونچھ بھی تھا، دانت کے درد کی وجہ سے چھٹی لے لی تھی۔ چنانچہ وہ خود کو بہت آزاد محسوس کر رہے تھے۔

مکرجی بابو کو لندن آئے پندرہ برس سے زیادہ کا عرصہ ہو چکا تھا۔ کھاتے پیتے گھرانے سے تعلق رکھتے تھے۔ باپ نے انجینئری کی تعلیم کے لئے بھیجا تھا۔ مگر تعلیم ختم نہ ہوئی تھی کہ جنگ چھڑ گئی۔ انہوں نے انجینئری کو تو خیرباد کہا۔ اور اے۔ آر۔ پی میں بھرتی ہو گئے۔ اسی دوران میں باپ کا انتقال ہو گیا۔ بڑے مکرجی نے کچھ زیادہ جائداد نہیں چھوڑی تھی اور حقدار کئی تھے۔ چار تو بیٹے ہی تھے چنانچہ انھوں نے وطن

کو لوٹنا زیادہ سود مند نہ سمجھا۔ اور روزی کمانے کے لئے یہیں ہاتھ پاؤں مارنے لگے۔ شروع شروع میں اُنھوں نے کئی دھندے کئے مگر کام نہ چلا۔ آخر ایک ہم وطن بھائی کے ساتھ مل کر ایک کمپنی کھول لی۔ اس کام میں خاطر خواہ کامیابی ہوئی مگر وہ خود درآمد و برآمد کے چکر میں ایسے پھنسے کہ یہیں کے ہو رہے۔

مکر جی بابو، خاصے بھاری بھرکم خوش وضع آدمی تھے۔ ٹھنڈے ملک میں عرصۂ دراز کی بود و باش سے ان کا سانولا رنگ نکھر آیا تھا۔ چالیس کے لگ بھگ عمر تھی۔ کن پٹیوں پر بالوں نے سفید ہونا شروع کر دیا تھا مگر اس کے باوجود چہرے پر نوجوانوں کی سی شادابی تھی۔ آنکھیں دائمی مسکراہٹ لئے ہوتے۔ اُنھوں نے مغربی اطوار و خصائل کا مطالعہ نفسیات کے ایک طالب علم کی طرح کیا تھا۔ اور وہ انگریزوں کے مزاج کو خوب سمجھتے تھے۔ علاوہ ازیں ان کے میل جول میں ایک کاروباری بے لاگ پن بھی ہوتا تھا، ان ہی خصوصیات کی وجہ سے لندن کے نچلے متوسط طبقوں میں ان کی بڑی آؤ بھگت ہوتی تھی۔

مکر جی بابو نے کرسی پہ بیٹھے بیٹھے کھلی ہوئی کھڑکی سے باہر نظر دوڑائی۔ گرجا گھر کی مخروطی چوٹی کے پیچھے ملگجا سا آسمان نظر آ رہا تھا۔ یہ جولائی کی ایک نسبتاً گرم سہ پہر تھی۔ صبح کو سورج خاصا تیزی سے چمکا تھا۔ مگر بارہ بجتے بجتے بادل گھر آئے تھے۔ جو اب چھٹنے شروع ہو گئے تھے۔ غرض موسم کی طرف سے زیادہ اندیشہ نہ تھا اور ایک دلچسپ شام گزارنے کی توقع کی جا سکتی تھی۔

لندن میں سنیما، تھیٹر اور راگ رنگ کی محفلوں کو چھوڑ کر تفریحات کے بیسیوں اور ذریعے ہیں، جو ندرت، روحانی، لذت، سنسنی اور رنگا رنگی کے مختلف درجے رکھتے ہیں۔ ان میں سے بعض بہت گراں ہیں اور خطرناک نتائج کے حامل بھی ہو سکتے ہیں۔ مثلاً مے فیئر کے کسی کلب کو رونق بخشنا اور کسی پری کو شیشے میں اتارنے کی کوشش کرنا اور بعض بالکل معصوم جن پر کچھ بھی خرچ نہیں آتا۔ مثلاً ٹرافالگر سکوئیر میں کبوتروں کو دانہ کھلانا عین بھیڑ بھڑکے کے وقت خود کو لندن کی ٹیوب کے ہجوم میں گم کر دینا۔ مکر جی بابو کا تفریح کا طریق اوروں سے کسی قدر مختلف تھا۔ وہ پہلے کسی ہم صحبت سے ملاقات کی ٹھہراتے اور پھر باقی پروگرام

اس کی مرضی پر چھوڑ دیتے تھے۔ چنانچہ آج بھی انہوں نے اسی پر عمل کرنے کا فیصلہ کیا۔

انھوں نے میز کی دراز سے ایک پرانی، سیاہ جلد والی کتاب نما ڈائری نکالی اور اسکی ورق گردانی کرنے لگے۔ ڈائری کے کنارے پر انگریزی کے حروف تہجی مرقوم تھے اور انہی کے مطابق وہ مختلف جزوں میں بٹی ہوئی تھی۔ اس پندرہ سال کے عرصے میں جو انہوں نے لندن اور اس کے گرد و نواح میں گزارا تھا۔ ان کی ملاقات طبقہ اناث کی جن جن دل چسپ ہستیوں سے ہوئی تھی، وہ ان کا نام پتہ، ٹیلی فون نمبر، ابتدائی ملاقات کا حال اور کچھ اور ضروری اور کار آمد باتیں اس ڈائری میں درج کرتے گئے تھے۔ یہ ڈائری ان کی برسوں کی رفیق تھی اور ہر قسم کی تفریحی مہمات میں مشعل ہدایت کا کام دیتی تھی۔

مکرجی بابو کو اے کے جزو میں سب سے پہلے جو نام نظر آیا وہ تھا ایڈمز مس پٹریشیا ایڈمز۔ اس کے ذیل میں پتہ اور ٹیلیفون نمبر کے بعد یہ باتیں بطور یادداشت لکھی تھیں:

سکاٹ لینڈ کی رہنے والی عمر ستائیس برس۔ ریڈ کراس کے دفتر میں سکریٹری۔

زرد پیلے بال، لمبا قد، دانت خراب، وعدے کی پابند، صرف شیری پیتی ہے۔ پہلی ملاقات ہمپٹن کورٹ میں۔

دو گھنٹے کی تفریح میں جس میں ہندوستانی کھانا شامل ہے، کل خرچ تین پونڈ۔

مکرجی بابو نے ٹیلی فون اٹھایا۔

"کیا میں مس ایڈمز سے بات کر سکتا ہوں؟ ...... شکریہ .... ہیلو پٹریشیا۔ کہو کیسی ہو؟ مدت سے ملاقات نہیں ہوئی۔ کہو چوٹ کا کیا حال ہے؟ کونسی چوٹ؟ ارے یہ بھول گئیں۔ اس دن سرپینٹائن میں کشتی چلاتے چوٹ آگئی تھی۔ گھٹنے میں! ...... اب یاد آیا، اچھی ہو گئی، مجھے سن کر خوشی ہوئی، سنو آج شام فارغ ہو؟ ...... نہیں؟ ...... ارے یہ کیوں؟ ..... سر میں درد ہے؟ خیر تو نہ سہی۔ میں نے سوچا تھا ہم تم اکٹھے شام گزاریں گے۔ کھانا بھی ساتھ ہی کھائیں گے، خیر نہیں تو نہ سہی ......

کیا کہا..... کل آسکتی ہو، بھئی کل شاید مجھے فرصت نہ ہو۔ بہرحال ٹیلی فون کرلینا...... ہاں موسم بُرا نہیں بادل چھٹ رہے ہیں، اچھا خدا حافظ پیٹ!"

اسے میں انہیں جین اینڈرسن، شیلا آرنلڈ، ریٹا ایٹکن سن کے نام نظر آنے لگے انہوں نے درخور اعتنا نہ سمجھا اور ورق الٹتے چلے گئے۔

بی کے جزو میں ان کی نظر مس مارجری بلس پر پڑی اور وہیں اٹک کر رہ گئی:

عمر بائیس برس۔ قومیت خالص انگریز۔ برٹش میوزیم میں ملازم ہے وہیں پہلی ملاقات ہوئی تھی۔

سیاہ چمکدار بال، خوب صورت آنکھیں جو کبھی نیلی معلوم ہوتی ہیں کبھی سبز القصہ حسینہ غم ناک فلم دیکھنے کا شوق، فلم دیکھ کر بسورتی رہتی ہے...... رات کو ایسٹ اینڈ کی سیر کی شوقین۔ کریم ذماں لوئی پر اخصوصیت سے پسند کرتی ہے۔ اصرار سے جن بھی پی لیتی ہے۔ مگر بیئر ہرگز نہیں پیتی۔

عام طور پر مہنگی رہتی ہے۔ جیب میں احتیاطاً پانچ پونڈ رکھنے چاہئیں۔

"ہیلو مارجری۔ ــــ کہو کیسی ہو...... نہیں بتاتے......

پوچھو تو جانیں! ارے بھئی میں ہوں تمہارا ملک۔ کہو آج شام آسکتی ہو؟...... کیا کہا؟ نسبت ٹھہر گئی تمہاری؟ سگائی ہوگئی ارے کس کے ساتھ؟ ارے بتاؤ! ہم نہیں بتائیں گے کسی کو، وہ کون خوش قسمت شخص ہے؟..... اچھا نہ سہی، لیکن مبارک باد تو قبول کرلو..... شادی کے بعد مجھ سے ضرور ملنا...... ہاں صبح کو سورج نکلا تھا بڑا پیارا پیارا، پھر بادل چھا گئے لو اب بادل پھر چھٹ رہے ہیں۔ اچھا ملاح، خدا حافظ، بہت بہت مبارک باد...."

ملک جی بابو نے دل میں کہا۔ "یہ بھی ٹھیک ہوا۔ ہمارا کہ وہ نہ آسکی۔ کیونکہ جیب میں تو صرف تین پونڈ

اور کوئی سات شلنگ ہی ہیں۔" اور انھوں نے ڈائری کے اس ورق کے کونے پر جس پر مار جری بلس کا حال مرقوم تھا۔ کانٹے کا نشان بنا دیا اور پھر ورق الٹنے میں مصروف ہو گئے

اب وہ بی کے بقیہ اور سی ڈی ای کے تمام ناموں کو چھوڑتے ہوئے ایف پر رکے۔ اور میڈموازیل سیمن رفے ایٹ کے نام کے نیچے یہ عبارت پڑھنے لگے:۔

فرانسیسی نژاد۔ سنہرے بال، بڑی بڑی آنکھیں، چنچل، فربہ جسم ہنسی ہے تو گال میں گڑھا پڑ جاتا ہے۔

میڈاویل میں ایک انگریز خاندان کے بچوں کی معلمہ ہے۔

ڈیی ایپ سے پیرس کے سفر میں ملاقات ہوئی تھی، اور اس نے سیب کھانے کو دیا تھا۔

فرانسیسی ادب کی تعریف کرو تو خوش ہوتی ہے۔ شیری کے ساتھ ساتھ لائٹ ایل بھی پی لیتی ہے۔ ہندوستانی سالن اور پلاؤ سے رغبت ہے

وقت مقررہ سے آدھ پون گھنٹہ زیادہ انتظار کراتی ہے مگر پہنچ جاتی ہے۔

خاصی مہنگی ہے

"ہیلو کون سیمن تم ہو بھئی شکر ہے اس وقت تم گھر پر مل گئیں۔ کہو کیا کر رہی ہو آج شام؟... کیا کہا پیرس سے بہن آئی ہے اور اس کا میاں بھی؟ تب تو تمہیں بہت مصروفیت ہو گی۔ کہو تو میں بھی آجاؤں.... ارے تم تو پریشان ہو گئیں.... نہیں نہیں میں نے تو یونہی دل لگی سے کہا تھا، پھر کبھی سہی۔ ایلو سورج نکل آیا موسم بہت سہانا ہو رہا ہے، خدا حافظ۔"

اتنی ناکامیوں کے بعد بھی کیا مجال جو مکرجی بابو کی پیشانی پر شکن تک پڑی ہو۔ جن حرفوں کے ناموں پر قسمت آزمائی کئے بغیر وہ آگے بڑھ گئے تھے اگر انھیں چھوڑ دیا جائے، تو بھی ابھی ڈائری میں بے شمار نام اور باقی تھے۔

مونیکا ہیزل ـــــــ عمر ۲۰ برس، ماں اطالوی، باپ انگریز نائٹس برج کی ایک ملبوسات کی دکان میں موڈل ہے۔ کچھ کچھ مصوری بھی جانتی ہے۔

سیاہ بال، سیاہ چشم، بالکل مشرقی حسن کا نمونہ، خوش مذاق، بذلہ سنج کبھی بات پر اصرار نہیں کرتی. زیادہ خرچ نہیں کراتی۔

ٹوٹنم کورٹ روڈ کے ایک حبشی ناچ گھر میں ملاقات ہوئی تھی۔

تین سے چار تک ٹیلی فون کے قریب رہتی ہے۔

انھوں نے کلائی پر بندھی ہوئی گھڑی پر نظر ڈالی اور پھر نمبر ملانے لگے:۔

"ہیلو ـــــــ ہیلو بے بی، پہچانا تم نے؟ میں ہوں میں. اُس رات اُس آخری سیمبا کے بعد تم اچانک کہاں گم ہو گئی تھیں؟ ...... او ہو معاف کیجیے گا میڈیم کیا میں مس مونیکا ہیزل سے بات نہیں کر رہا؟ مجھے مغالطہ ہوا میڈم. میں سخت شرمندہ ہوں میڈیم، کیا کہا آپ نے؟ مس ہیزل نے نوکری چھوڑ دی، آپ ان کی جگہ کام کرتی ہیں. میں اپنی غلطی پر دوبارہ معافی کا خواستگار ہوں. کیا فرمایا آپ نے؟ میں دلچسپ آدمی معلوم ہوتا ہوں؟ شکریہ. بہت بہت شکریہ....... ہاں ہاں شاید کبھی ملاقات ہو جائے. خدا حافظ."

ٹیلی فون بند کر کے مکرجی بابو مسکرائے اور دل ہی دل میں کہنے لگے: "لیجیے ان خاتون سے آج ہی ملاقات ہو سکتی تھی، بس ذرا دعوت دینے کی دیر تھی، مگر بلا جانے پہچانے دیکھے بھالے دعوت دینا شاید ٹھیک نہ رہتا. ارے اس سے مونیکا کا پتہ تو پوچھ ہی لیا ہوتا! فی الحال اس نام کو خارج ہی سمجھنا چاہیے."

وہ حروف جے، کے اور ایل کے ناموں سے گزرتے ہوئے ایم کے جزو میں ہیلن مگی کے نام کے نیچے یہ عبارت پڑھنے لگے:۔

عمر چھبیس برس. سکاٹ لینڈ کی رہنے والی. ماربل آرچ کارنر ہاؤس میں خادمہ ہے۔

نیلی آنکھوں کے سوا چہرے میں اور کوئی جاذبیت نہیں مگر جسم خوب گداز ہے۔
تند خو مگر شادی کی بات چیت کرو۔ تو نرم پڑ جاتی ہے۔
گھر بنانے کی آرزو کا پے بہ پے اظہار۔ زیادہ میل جول خطرناک
کم خرچ بالانشین۔ دس شلنگ بھی پاس ہوں تو شام گواری جاسکتی ہے۔
سہ پہر کو کام سے واپس آجاتی ہے۔ گھر پر ٹیلی فون کرنا چاہیئے۔
لینڈ لیڈی سے ہوشیار۔

یہ یادداشت پڑھ کر مکرجی بابو کچھ سوچ میں پڑ گئے۔ مگر آخر کار اُنہوں نے نمبر ملا ہی ڈالا۔
"ہیلو میڈیم۔ کیا میں مس میگی سے بات کرسکتا ہوں؟ بڑی نوازش ہوگی۔ کیا فرمایا آپ نے؟ کام میں مصروف ہیں اس وقت نہیں مل سکتیں؟ خیر کوئی بات نہیں۔ میں دوبارہ ٹیلی فون کرلوں گا آپ کو زحمت ہوئی معافی چاہتا ہوں شکریہ، بادل چھٹ رہے ہیں بہت بہت شکریہ!"

لینڈ لیڈی کے درشت لہجے سے نجات حاصل کر کے مکرجی بابو نے اطمینان کا سانس لیا۔ پھر دل میں کہنے لگے "اچھا ہی ہوا وہ نہ ملی۔ ورنہ اپنی جانب سے تو میں نے خطرہ مول لینے میں کسر نہ اُٹھا رکھی تھی۔

اب وہ ڈائری میں حرف ٹی کے ناموں کی سیر کر رہے تھے!

مس نورا ٹریک
عمر اٹھائیس برس۔ کیمڈن ٹاؤن کے چاکلیٹ فروش کی بیٹی۔ کاروبار میں باپ کا ہاتھ بٹاتی ہے۔
فربہ اندام۔ نک سک سے درست مگر ذرا ڈھل گئی ہے۔

"ہیلو مہربانی کر کے ذرا مس نورا ٹریک سے ملوا دیجئے؟ ارے یہ تم ہی ہو۔ کہو کیا حال ہے میری آنکھوں کی پتلی، میری راحت جان۔ میں نے آواز تو پہچان لی تھی۔ مگر ابھی ابھی ایک مغالطہ ایسا

ہوا کہ مجھے محتاط ہونا پڑا...... کیا کہا؟ تم خود مجھے ٹیلی فون کرنے کی سوچ رہی تھیں؟ سچ؟ پھر تو میں تمہارا شکر گزار ہوں، کہاں ملاقات ہو؟ پکاڈلی ٹیوب اسٹیشن پر؟ وقتِ عالم کے نقشے کے سامنے؟ بالکل ٹھیک!...... ہاں ہاں ٹھیک چار بجے۔ اس وقت تین بجکر پینتیس منٹ آئے ہیں، بس میں بھی ٹہلتا ٹہلتا پندرہ بیس منٹ میں وہیں پہنچ جاؤں گا، اور پھر ہم تم پروگرام بنائیں گے۔ واللہ سچ ہے دل سے دل کو راہ ہوتی ہے۔ اوہ سویٹ ہارٹ تم اس مثل کو نہیں سمجھتیں۔ یہ خالص مشرقی مثل ہے۔ میں آج تمہیں اس کا مطلب سمجھاؤں گا۔ دیکھو بادل چھٹنے گئے ہیں۔ پیارا پیارا سنہرا سورج پھر نکل آیا ہے۔ انتظار نہ کرانا...... اچھا خدا حافظ میری جان!"

اور مکرجی بابو نے وہیں ڈائری بند کر دی۔ پھر ایک لمحہ بھی ضائع کئے بغیر وہ کرسی سے اٹھے، کھونٹی سے ہیٹ، مفلر اور برساتی اٹھائی اور دفتر سے نکل پکاڈلی سرکس کو ہو لئے +

ایک درد مند دل

آرکسٹرا نے ناچ کی ایک نئی دھن بجانی شروع کی۔ اور ناچنے والے جن میں زیادہ تعداد لندن یونیورسٹی کے شعبۂ السنۂ شرقیہ وافریقیہ کے طلباء اور طالبات کی تھی۔ پھر مصروف رقص ہوگئے۔

ناچ کا یہ ہنگامہ لندن کی ایک بھیگی ہوئی سرد شام کو، یونیورسٹی کی وسیع عمارت کے ایک کمرے میں برپا تھا۔ مجمع کچھ زیادہ بڑا تو نہیں تھا، پھر بھی دنیا کے چھ براعظموں میں سے کم ازکم چار کی نئی پود کی نمائندگی کرتا تھا۔ یوں تو انگریزی زبان، لباس اور آداب مجلسی نے سب کو ایک رنگ میں رنگ دیا تھا، مگر رنگ، خدوخال، لب ولہجہ اور چال ڈھال کے اختلافات قدم قدم پر، کبھی کھلے بندوں اور کبھی چپکے سے ان کے غیر قوم ہونے کی غمازی کردیتے تھے۔ بعض اوقات کسی زبان کے حروف تہجی کی محض ایک مخصوص صوت متکلم کی قومیت کا راز فاش کردینے کے لئے کافی ہوتی تھی۔

نغفل نے دوبارہ اسی سنہرے بالوں والی اجنبی لڑکی سے ناچنے کی درخواست کی جس کے ساتھ وہ ایک مرتبہ پہلے بھی ناچ چکا تھا۔ لڑکی نے اس کی درخواست کو کسی قدر تامل کے بعد منظور کرلیا۔ اور وہ دونوں ناچنے والوں میں شامل ہوگئے۔

سنہرے بالوں والی لڑکی کا تامل کچھ رنگ اور قومیت کی تفریق کی بنا پر نہ تھا۔ کیونکہ اول تو یونیورسٹی کی تقریبات میں یہ چیز لندن کی عام مجلسی زندگی کی نسبت کم دیکھنے میں آتی ہے۔ دوسرے ایسی پارٹیوں

میں جو تعلیم کی ایک مقررہ میعاد ختم ہونے پر دی جاتی ہیں اور جن میں لڑکیاں اور لڑکے ایک دوسرے سے بچھڑنے کے خیال سے جذباتی سے ہو کے کچھ زیادہ ہی اپنائیت جتلانے لگتے ہیں۔ اس کا امکان اور بھی کم رہ جاتا ہے۔ دراصل اس کے تامل کی وجہ یہ تھی کہ وہ فضل کے ساتھ رقص کر کے اس کی مہارت فن دیکھ چکی تھی اور وہ خود کو اس کے مقابلے میں کمتر پاتی تھی۔

ناچ کے چکر ایک دو تین ایک دو تین کی تال پر مزے مزے چل رہے تھے سازندے کچھ زیادہ سریلے نہ تھے اور طلبا سے یہ امید بھی نہ ہو سکتی تھی کہ وہ لندن کے کسی چوٹی کے آرکسٹرا کا انتظام کریں گے، پھر بھی یہ لوگ نغمگی پیدا کرنے کے لئے جی توڑ کوشش کر رہے تھے اُن کے چہروں کی سُرخی و بشاشت اور چشم و ابرو کی جنبشیں کہے دیتی تھیں کہ وہ طلبا کو مایوس نہیں کریں گے۔

اس سنہرے بالوں والی لڑکی نے فضل کے ساتھ رقص کرتے ہوئے بالآخر خود ہی خاموشی کو توڑا۔

"آپ تو بہت اچھا ناچتے ہیں۔ مجھے افسوس ہے کہ میں آپ کے فن کا ساتھ نہیں دے رہی۔"

"کسر نفسی سے کام نہ لیجئے" فضل نے کہا "آپ بھی بہت اچھا ناچتی ہیں یہ اور بات ہے کہ آپ کے پاس، ڈپلوما نہ ہو" اور یہ کہہ کر وہ مسکرا یا۔

"تو کیا آپ کے پاس ڈپلوما ہے؟" لڑکی کے منہ سے بے اختیار نکلا۔

"جی ہاں اور کیا۔ باقاعدہ امتحان پاس کر کے سند حاصل کی ہے۔" اور وہ پھر مسکرایا۔ "مگر یہ سودا خاصہ مہنگا پڑا۔ ایک گِنی کے تین سبق مہینوں یہ سلسلہ جاری رہا۔"

"تو کیا اپنے ملک سے آپ یہی کام سیکھنے آئے تھے؟" لڑکی نے کسی قدر طعن کے ساتھ پوچھا۔

"جی نہیں" وہ بدستور مسکراتا رہا "میں قانون پڑھتا ہوں۔ ناچ تو مجھے مجبوراً سیکھنا پڑا۔"

"کیا میں پوچھ سکتی ہوں وہ کیا مجبوری تھی؟"

"جی ہاں۔ وہ بات یوں ہے پچھلی گرمیوں کی تعطیلات میں میرا ارادہ یورپ کی سیاحت کا ہوا مگر

افسوس والد میری رائے سے متفق نہ ہوسکے۔ وہ چاہتے تھے کہ میں لندن ہی میں رہ کے زیادہ سے زیادہ وقت پڑھنے لکھنے میں صرف کروں۔ چنانچہ مجھے یہیں اپنے لئے دلچسپی کا سامان پیدا کرنا پڑا۔"

"مگر معاف کیجئے، وہ ڈپلوے کی بات میری سمجھ میں نہیں آئی۔"

"یہ بات خاصی مذاق معلوم ہوتی ہے۔ اور شروع شروع میں میں خود بھی اسے مذاق ہی تصور کرتا رہا۔ ہوا یہ —— مگر دیکھئے یہ بات ذرا تفصیل کی محتاج ہے۔ اور ناچ ختم ہوا چاہتا ہے۔ اگر آپ کو دلچسپی ہو تو ناچ کے بعد چند لمحوں کے لئے میری میز پر آجائیے گا۔ میں اکیلا ہی ہوں۔ میں آپ کو بتاؤں گا۔"

ناچ ختم ہوا۔ مگر سنہرے بالوں والی لڑکی فضل کی میز کی طرف نہ گئی بلکہ ایک ٹولی میں جو چھ سات یورپین اور ایشیائی لڑکوں اور لڑکیوں پر مشتمل تھی شامل ہوگئی۔

فضل اکیلا ہی کونے میں اپنی جگہ پر آکر بیٹھ گیا اور سگرٹ سلگا کر پینے لگا آرکسٹرا نے کئی اور دھنیں بجائیں، مگر وہ اپنی کرسی سے نہ اٹھا۔ اس دوران میں وہ لڑکی اپنی ٹولی کے نوجوانوں کے ساتھ دو تین مرتبہ ناچی اس کا آخری ناچ ایک ناٹے قد کے بھاری بھرکم چینی نوجوان کے ساتھ تھا۔ فضل دور سے اس کا یہ ناچ بڑی دلچسپی سے دیکھتا رہا۔ ناچ کے ختم ہونے پر اچانک اس نے فضل کی میز کا رخ کیا اور مسکراتی ہوئی اس کے قریب آکر کہنے لگی:

"لیجئے میں چند منٹ کے لئے اپنے دوستوں سے اجازت لیکر آگئی ہوں اب جلدی سے اپنا قصہ بیان کر دیجئے۔"

"بہت بہت شکریہ" فضل نے کہا۔ ابھی عرض کرتا ہوں لیکن پہلے یہ پوچھنے کی اجازت دیجئے، کہ آپ یہاں کس شعبے سے تعلق رکھتی ہیں؟"

"آپ کو غلط فہمی ہوتی ہے۔" وہ فوراً بول اٹھی "میں سٹوڈنٹ نہیں ہوں میں تو ایک لائبریری میں کام

کرتی ہوں۔ البتہ میری ایک سہیلی یہاں علاقائی زبان کی سٹوڈنٹ ہے اور وہی مجھے یہاں لائی ہے...... آپ بھی تو یہاں نہیں پڑھتے؟"

"جی نہیں" وہ مسکرایا "آپ ہی کی طرح میں بھی یہاں مہمان ہوں فرق یہ ہے کہ میرے دوست کو ناچ گانے سے دلچسپی نہیں۔ اسے مجبوراً اس تقریب کا ٹکٹ خریدنا پڑا۔ جو اس نے مجھے دیدیا۔"

لمحہ بھر خاموشی رہی۔

"میں آپ کو زیادہ دیر روکنا نہیں چاہتا" فضل نے کہا" لہٰذا ڈپلومے کی بات عرض کرتا ہوں۔ وہ بات در اصل کچھ بھی نہیں۔ میں ایک پرائیویٹ ڈانسنگ اسکول میں جایا کرتا تھا۔ دو تین مہینے میں جب میرا جی بھر گیا تو میں نے اس سلسلے کو ختم کرنے کا فیصلہ کیا۔ مگر سکول کی معلّمہ جو سویڈن کی رہنے والی ایک ادھیڑ عمر عورت تھی مجھ سے کہنے لگی۔ تم میں اس فن کے لئے قدرتی صلاحیت ہے۔ جو بہت کم لوگوں میں پائی جاتی ہے۔ پھر تم نے خاصی فنی استعداد بھی پیدا کرلی ہے اب اگر تم صرف چند ہفتے اور مشق کرلو تو تمہیں اس فن میں باقاعدہ ڈپلوما مل سکتا ہے۔

میں یہ سن کر بے اختیار مسکرا دیا مگر اس نے اپنی متانت قائم رکھی۔

"آخر اس کا فائدہ بھی کیا ہے؟" میں نے کہا۔

"اور نقصان بھی کیا ہے؟" اس نے کہا۔

آخر میں رضامند ہو گیا۔ اس خاتون نے مجھے ناچ کے کچھ خاص خاص پیشہ ورانہ گُر بتلائے۔ چار پانچ ہفتے بعد میرا امتحان ہوا اور سچ مچ مجھے ڈپلوما مل گیا......"

اور یوں فضل اور روزمری کی دوستی کی ابتداء ہوئی۔ شروع شروع میں وہ ہفتہ میں ایک آدھ مرتبہ ملتے۔ مگر جلد ہی تین تین چار چار مرتبہ ملنے لگے۔ وہ کبھی کسی ٹیوب سٹیشن کے باہر ملاقات کی ٹھہراتے کبھی ہائیڈ پارک میں کبھی سرپنٹائن کے کنارے کبھی البرٹ ہال کے سامنے۔ دو چار ہی ملاقاتوں میں دلبری کی رہنے

والی اس لڑکی کو اندازہ ہوگیا کہ فضل کی زندہ دلی، خوش کلامی، مہارت رقص اور خوش وضعی محض اوپری صفات ہیں۔ ورنہ درحقیقت وہ ایک ذہین سنجیدہ طبع اور صالح نوجوان ہے جو اپنے اندر ایک دردمند دل رکھتا ہے وہ چاہتا تو آسانی سے لندن کے عیش پسند اور نشاط طلب حلقوں کی آنکھ کا تارا بن سکتا تھا۔ مگر اس کی اسے کوئی تمنا نہ تھی، وہ طبعاً کم آمیز اور خلوت پسند تھا۔ روزمری کو یہ معلوم کرکے بڑی حیرت ہوئی کہ فضل کا حلقہ احباب بہت محدود ہے۔

رفتہ رفتہ روزمری نے اس کے دل کی گہرائیوں میں اترنا شروع کیا۔ اسے معلوم ہوا کہ فضل کو قانون سے جس کی تحصیل کے لئے اس کے والدین نے اسے ولایت بھیجا تھا، کوئی رغبت نہیں ہے۔ اس نے خود ہی یہ نتیجہ نکالا کہ شروع شروع میں فضل کا سیاحت یورپ کے منصوبے بنانا اور ان میں ناکامی پر رقص کی طرف رجوع کرنا، قانون کی تعلیم سے فرار ہی کی ایک صورت تھی۔

پھر اس نے یہ بھی دیکھا کہ وہ اپنے دل میں اپنے وطن کی خدمت کا جو حال ہی میں غلامی سے آزاد ہوا تھا شدید جذبہ رکھتا ہے۔ وہ ان سرپھرے نوجوانوں میں سے نہیں تھا جو غیر ممالک میں جا کر خدمت وطن کیلئے عجیب و غریب ہیولے بنا لیتے ہیں جنہیں عملی جامہ پہنانا مشکل ہوتا ہے۔ وہ کوئی سیدھا سادا مگر ٹھوس کام کرنا چاہتا تھا۔

”روزی“ وہ کہتا ”قانون پیشہ بننا بے شک ملک کی خدمت کا ایک ذریعہ ہے لیکن ذرا غور تو کرو۔ مجھے اس کے لئے کتنے عرصے انتظار کرنا ہوگا۔ اگر میں دن رات ایک کرکے ہر سال امتحانات میں کامیابی حاصل کرتا رہوں تو بھی مجھے تین چار برس اور یہاں گذارنے ہوں گے۔ اور پھر امتحان پاس کر لینا ہی تو کامیابی کی نشانی نہیں ہے۔ اس کے بعد بھی سالہا سال سخت محنت اور دوڑ دھوپ کی ضرورت ہے تب کہیں رفتہ رفتہ ناموری حاصل ہوتی ہے۔“

”تم اپنے والد کو صاف صاف کیوں نہیں لکھ دیتے؟“ روزمری نے ایک دن پوچھا۔

"کچھ فائدہ نہیں" فضل نے کہا" وہ بہت پرانے خیال کے آدمی ہیں جو اولاد کو اپنی مرضی سے ہانکنا چاہتے ہیں۔ یہ نہ سمجھو کہ وہ حصول زر کے لئے مجھے قانون پڑھانا چاہتے ہیں۔ کیونکہ ان کے پاس پہلے ہی دولت کی فراوانی ہے۔ بات دراصل یہ ہے کہ کسی نے ان کے دل میں یہ بات ڈال دی ہے کہ قانون کا سیاست سے گہرا تعلق ہے اور وہ چاہتے ہیں کہ ان کا خاندان دولت کے ساتھ ساتھ سیاسی اقتدار بھی حاصل کرلے۔"

ایک دن صبح کو روزمری اس کے کمرے میں آئی تو دیکھا کہ وہ بڑے انہماک سے کچھ اخباروں کے مطالعہ میں مصروف ہے یہ اخبار اس کے وطن سے آج ہی نئے موصول ہوئے تھے۔ روزمری کو دیکھتے ہی وہ اچھل پڑا۔ اور بڑے جوش وخروش سے کہنے لگا۔

"روزمری جب میرے ملک کو آزادی ملی تو میں وہیں تھا میں تمہیں کیا بتاؤں کہ قومی ایثار وقربانی کا کتنا عظیم طوفان تھا جو میرے اہل وطن کے دلوں میں امنڈ رہا تھا۔ عورتیں اور مرد بوڑھے اور بچے خدمت وطن کی اس نئی لگن سے بے چین تھے۔ کالجوں کے طلباء اپنی تعلیم کے اوقات کے بعد بیلچوں سے نہریں کھودتے، پل بناتے۔ مہاجروں کے لئے جھونپڑیاں تیار کرتے تعطیل کے دنوں میں استادوں اور طالبعلموں کی ٹولیاں دیہات کا گشت کرتیں تاکہ دیہاتیوں میں جنہیں ان کے پچھلے حکمرانوں نے مصلحتاً جاہل اور ان پڑھ رکھا تھا تعلیم اور حفظان صحت کا پرچار کریں۔

"غلامی اور پس ماندگی کے طویل زمانے کے باوجود میرے اہل وطن نے دنیا پر ثابت کر دیا تھا کہ وہ ذہانت، فراست، شجاعت، علم وفن کسی لحاظ سے بھی اقوام عالم سے پیچھے نہیں ہیں۔ میرے ملک کی عورتوں نے اپنے چہروں سے نقاب اٹھا دیئے۔ قدامت پسندوں نے مخالفت کی۔ مگر وہ جرأت کے ساتھ اپنی چار دیواریوں سے باہر نکل آئیں اور للکاریں: 'دشمن سے جنگ پر زخمیوں کی مرہم پٹی کون کرے گا؟'

"تمہیں خبر ہے روزمری میرے اہل وطن خوشی خوشی اپنے نورِ چشموں کو ہوا بازی کے مدرسوں میں بھیج رہے ہیں۔ انہیں اس کی پروا نہیں ہے کہ یہ بڑے جان جوکھوں کا کام ہے؟ آزادی کے بعد میں نے اپنی فوج

کو پہلی مرتبہ دیکھا۔ وہ جوانان رعنا سینہ تانے بندوقیں اٹھائے اونچی لے میں مادر وطن کے گیت گاتے جارہے تھے۔ میری آنکھوں میں آنسو بھر آئے۔ مدّت کی غلامی کے بعد پہلی مرتبہ مجھے احساس ہوا کہ ان کی قربانیوں کو غیر کی دولت نہیں خرید سکے گی۔

"میں نے دیکھا کہ تمام انسان یکایک ایک دوسرے کے کیسے ہمدرد بن گئے ہیں۔ غلامی کے زمانے میں میں پولیس والوں کو ہمیشہ بڑی حقارت کی نظر سے دیکھا کرتا تھا۔ رشوت خور، سفاک، بدزبان اکھڑ۔ لیکن روز مری اب میرا دل چاہا کہ بے اختیار ان سے لپٹ جاؤں۔ ان کو پیار کروں۔ کیونکہ وہ میرے وطن کے امن کے محافظ ہیں۔

"روز مری تم اندازہ کرسکتی ہو کہ آج کل میرے دل کی کیا کیفیت ہے۔ اور اگر مجھے تمہاری رفاقت اور ہمدردی نصیب نہ ہوتی تو میں یقیناً کسی شدید مرض میں مبتلا ہوگیا ہوتا۔"

روز مری ایک حیرت کے عالم میں فضل کی یہ بے ربط سی تقریر سن رہی تھی فضل کی کیفیت یہ تھی جیسے کوئی بخار میں بہک رہا ہو۔ مگر روز مری کو اس کا ایک ایک لفظ انتہائی خلوص میں ڈوبا ہوا معلوم ہو رہا تھا۔ اس سے پہلے اس نے مادر وطن کی خدمت کا اس قدر شدید جذبہ کسی شخص میں نہیں دیکھا تھا۔ اس کے ماں باپ بھائی بہن سب آسودہ حال تھے اور ویلز میں امن و عافیت کی زندگی گذار رہے تھے۔ مگر اس کا مزاج ان سب سے مختلف تھا۔ وہ طبعاً بڑی حسّاس نیک دل اور غمگسار لڑکی تھی۔ عالمگیر اخوت پر ایمان رکھنے والی۔ وہ چاہتی تھی کہ دنیا میں اس کا وجود کسی مقصد کے لئے کارآمد ثابت ہو۔ یہی جذبہ اُسے وطن سے جدا کرکے لندن لایا تھا۔ مگر یہاں ابھی تک اسے اس تمنّا کے پورا ہونے کا کوئی امکان نظر نہیں آیا تھا۔ معلوم ہوتا تھا کہ اس کے وطن کو اس کی کوئی ضرورت نہیں ہے۔ اور وہ ان لاکھوں لڑکیوں میں سے ایک ہے جو ہر روز صبح شام لندن کی سڑکوں پر تیز تیز چلتی ہوئی نظر آتی ہیں۔

وہ کچھ دیر خاموش رہی۔ اس کے سنہرے بالوں کی ایک لٹ اس کی پیشانی پر آپڑی۔ مگر وہ بدستور

سوچ میں ڈوبی رہی۔

"فضل۔۔۔۔ فضل۔۔۔۔" اس نے رک رک کے کہا" کیا تم سمجھتے ہو کہ میں تمہارے وطن کے کسی کام آسکتی ہوں؟"

فضل یہ سن کے پہلے تو بھونچکا رہ گیا، پھر ایکدم اچھل پڑا اور بے اختیار روزمری سے لپٹ کے اس طرح ناچنے لگا جیسے بچے ناچتے ہیں۔

اگلے روز اس نے اپنے باپ کے نام اس مضمون کا ایک تار بھیجا:

"میں اب ایک لمحہ بھی قانون پر ضائع نہیں کرنا چاہتا۔ میں واپس آرہا ہوں۔ نیز میں نے شادی بھی کرلی ہے۔"

جس وقت جہاز وطن پہنچا تو فضل کو یہ دیکھ کے بڑی مایوسی ہوئی کہ اس کے اقربا میں سے کوئی بھی اس کے استقبال کے لئے بندرگاہ پہ نہیں آیا تھا۔ ہاں ایک پرانا نوکر جس نے فضل کو گودیوں میں کھلایا تھا موجود تھا۔ اپنے آقا زادے کو دیکھ کے وہ رو پڑا۔ اور ایک خط نکال کے اسے دیا۔ اس کے والد نے لکھا تھا:

"برخوردار گھر کا رُخ نہ کرنا مجھ سے اب تمہیں کچھ واسطہ نہیں رہا۔"

وہ والد کی طرف سے اسی قسم کے سلوک کی توقع کر رہا تھا لیکن یہ امید نہ تھی کہ سارے کے سارے رشتہ دار اس سے برگشتہ ہو جائیں گے روزمری صورت حال کو بھانپ گئی۔ اس نے محبت سے فضل کا ہاتھ دبایا، اور کہا:

"فکر نہ کرو۔ تمہارے ساتھ میں بھی نوکری کروں گی۔"

فضل نے اس کے سنہرے بالوں کی ایک لٹ ہاتھ میں لی۔ اسے ہلکے سے جھنجھوڑا اور مسکرا دیا۔

اس کے والد نے شروع ہی میں اس کی تعلیم اور دوسرے اخراجات کے لئے ایک گرانقدر رقم

لندن کے ایک بینک میں اس کے نام جمع کرادی تھی۔ اس میں سے دونوں کے جہاز کے کرایے کے علاوہ وطن پہنچ کے بھی وہ ایک ماہ تک ان کے کھانے پینے اور رہنے سہنے کا خرچ نکل سکتا تھا۔ وہ روز مری کے ساتھ درمیانے درجے کے ایک انگریزی ہوٹل میں مقیم ہو گیا۔

دو چار دن میں جب سفر کی تکان اتر گئی تو اس نے ملک کے حالات کا جائزہ لینا شروع کیا۔ ہر چند ملک رفتہ رفتہ ترقی کر رہا تھا مگر نہ معلوم کیا وجہ تھی کہ لوگوں میں پہلا سا جوش و خروش نظر نہیں آتا تھا۔ اخبارات میں طالب علموں کے نہریں کھودنے اور پل بنانے کی خبریں بھی نہیں آ رہی تھیں۔ البتہ مہاجرین کا مسئلہ روز بروز سخت مشکلات پیدا کرتا جا رہا تھا جنھیں حل کرنے کی حکومت مقدور بھر کوشش کر رہی تھی۔

اگلے روز اس نے سرکاری دفاتر کے چکر لگانے شروع کئے۔ اسے بعض افسروں کے نام شناسا معلوم ہوئے اور ایک نوجوان افسر تو اس کے کالج کے زمانے کا دوست نکل آیا۔ وہ فضل سے بڑی گرمجوشی سے ملا۔ ادھر ادھر کی باتوں کے بعد افضل نے اصل مقصد چھیڑا۔

"کیا سرکار مجھے کوئی کام دے سکتی ہے؟" اس نے پوچھا۔

دوست نے فوراً جواب دیا:

"گورنمنٹ کی اونچی جگہیں تو تم جانتے ہی ہو گے مشتہر کی جاتی ہیں اور بڑی چھان بین کے بعد پبلک سروس کمیشن کے ذریعہ پُر کی جاتی ہیں۔ رہے کلرک تو ان کی پہلے ہی افراط ہے۔ کئی عارضی محکمے اس وجہ سے ابھی تک توڑے نہ جا سکے کہ ان کے کارکنوں کا کیا حشر ہوگا۔ البتہ پرائیویٹ فرموں میں آئے دن اچھی اچھی جگہیں نکلتی رہتی ہیں۔"

فضل نے ہوٹل میں آ کر اخبارات میں "ضرورت" کے کالموں کا بغور مطالعہ کیا۔ منیجر، اسسٹنٹ سیلز مین، اکاؤنٹنٹ، ٹائپسٹ بیسیوں ہی آسامیوں کے اشتہار تھے۔ لیکن بدقسمتی سے وہ ان میں

سے کسی کا بھی تجربہ نہیں رکھتا تھا۔ لڑکوں کے پڑھانے کے دو ایک اشتہار تھے، یہ کام البتہ وہ کر سکتا تھا کیونکہ اس نے کالج میں ایم۔ اے کی ڈگری حاصل کی تھی، اس نے ان آسامیوں کے لئے درخواستیں بھیجیں جن میں اپنے کم سے کم اخراجات کا اندازہ کر کے تنخواہ لکھی مگر اسے رسید تک نہ ملی۔

ایک پرائیویٹ فرم میں انٹرویو کے لئے گیا اور خط و کتابت کا کام کرنے کا ایک حقیر سا مشاہرہ منظور کر لیا۔ مگر چند ہی روز میں اس فرم نے اسے جواب دے دیا انہیں عالم فاضل نہیں چاہیئے تھا بلکہ ایسا تجربہ کار جو منڈیوں کے اتار چڑھاؤ سے واقف ہو اور زیادہ سے زیادہ نفع اندوزی کے گر جانتا ہو۔ البتہ اگر وہ ٹائپ کا کام جانتا ہوتا تو کہیں نہ کہیں کھپ سکتا تھا۔ مختلف اسکولوں میں قسمت آزمائی کی لیکن کم سے کم تنخواہ پر بھی کوئی اسے لینے کو تیار نہ تھا کیونکہ وہ معلمی کی کوئی سند یا تجربہ نہیں رکھتا تھا۔ اخباروں کے لئے مضامین لکھے، مگر انہیں بلا معاوضہ بھی کسی نے قبول نہ کیا۔

اسے وطن آئے ایک مہینہ ہو گیا تھا اس کے پاس جو پونجی تھی اس کا ایک بڑا حصہ ہوٹل کے کرائے اور کھانے پینے کے بلوں کی نذر ہو چکا تھا اور وہ دن دور نہیں تھا جب اسے اپنی اور بیوی کی طلائی گھڑیاں بروچ، کیمرے، چاندی کے سگرٹ کیس وغیرہ کے گاہکوں کی ٹوہ لگانی پڑے۔

ایک دن وہ علی الصباح اپنے کمرے سے نکل گیا۔ دوپہر ہو گئی مگر وہ کھانا کھانے نہ آیا اور روزمری نے اس کے انتظار میں خود بھی کھانا نہ کھایا۔ جب وہ چائے کے وقت بھی نہ پہنچا تو اس کی بیوی کو تشویش ہوئی اور اس نے ہوٹل کے منیجر اور ملازموں سے پوچھ گچھ شروع کی۔ مگر کسی نے اس کے بارے میں کوئی اطلاع بہم نہ پہنچائی۔

آخر شام کے چھ بجے کے قریب وہ لوٹا۔ مگر روز کی طرح مضمحل اور تھکا ہارا نہیں بلکہ اچھلتا کودتا ہنستا کھلکھلاتا۔

"پیاری روزمری" اس نے کہا۔ "معاف کرنا تمہیں انتظار کی زحمت ہوئی مگر یہ جان کر تمہیں خوشی

ہوگی کہ آخر کار، کام بن ہی گیا۔ میں تمہیں بتاؤں گا نہیں، بلکہ تمہیں ابھی میرے ساتھ چل کے اسے اپنی آنکھوں سے دیکھنا ہوگا۔ میں نے آج ہی سارے انتظامات مکمل کر لئے ہیں۔"

اس نے ٹیکسی لی اور روزمری کو لے کر شہر کے ایک ایسے حصے میں پہنچا، جو تھا تو بارونق مگر آبادی زیادہ گنجان نہ تھی۔ مکانوں کی بالائی منزلوں میں متوسط طبقے کے لوگ رہتے تھے۔ اور نچلے حصوں میں غریب غربا۔ ایک بازار کے نکڑ پر کھڑے ہو کر اس نے روزمری سے کہا "ذرا اوپر دیکھو۔"

وہ ایک سہ منزلہ عمارت کے سامنے کھڑے تھے جس کی اوپر کی منزلیں خاصی صاف ستھری تھیں البتہ نچلا حصہ رہنے والوں نے اپنے پھوہڑپن سے خراب کر دیا تھا اور پچھلی دیوار پر پڑوس کی کسی گوالن نے اُپلے بھی تھوپ رکھے تھے۔ بالائی منزل کی پیشانی پر ایک بڑا سا نیا بورڈ آویزاں تھا جس کا روغن ابھی پورے طور پر سوکھنے نہیں پایا تھا۔ اس بورڈ پر جلی حروف میں لکھا تھا:

لندن سکول

آف

بال روم ڈانسنگ

روزمری فی الفور سمجھ گئی اور اس کا چہرہ یک لخت زرد پڑ گیا۔ مگر کچھ تو جھٹپٹے کی وجہ سے اور کچھ اپنی کامیابی کے نشے میں چور ہونے کے باعث فضل اس کے چہرے کے تغیر کو نہ دیکھ سکا۔

"آخر فنونِ لطیفہ کی خدمت بھی تو قومی خدمت ہی ہے نا!" اس نے کہا۔

غازی مرد

رات کو جب کبھی کتوں کے بھونکنے یا مرغ کی بے وقت اذان سے چراغ بی بی کی نیند اُچٹ جاتی۔ تو وہ دبے پاؤں اپنی کوٹھری سے نکلتی۔ اور راہ ٹٹولتی ہوئی باہر آنگن میں اپنے شوہر کی چارپائی پر آکر آہستہ سے بیٹھ جاتی۔ اور اس کے پاؤں دابنا شروع کر دیتی، اور پھر جب تک اُسے دوبارہ نیند کے جھونکے نہ آنے لگتے۔ وہ برابر دابتی رہتی۔

علیا اُس کے ہاتھوں کے گرم گرم لمس کا ایسا عادی ہو گیا تھا کہ اس سے اس کی نیند میں ذرا خلل نہ پڑتا بلکہ ایسا آرام ملتا کہ وہ اور بھی بے خبر ہو کر سوتا رہتا اگر کبھی وہ جاگ بھی رہا ہوتا، تو چادر کے نیچے دم سادھے پڑا رہتا۔ یہ چادر، دراصل اس کا تہہ بند تھی، جسے وہ مچھروں سے بچنے کے لئے رات کو اوڑھ لیا کرتا تھا مگر اس سے اس کا پورا جسم نہیں ڈھکتا تھا۔ اگر سر چھپاتا تو پاؤں ننگے رہتے۔

صبح کو جب علیا بیدار ہوتا تو چراغ بی بی اس سے پہلے جاگی ہوتی اور آنگن میں وضو کرنے یا کوٹھری میں نماز پڑھنے میں مشغول ہوتی۔ وہ نماز کے الفاظ اس طرح ادا کرتی جیسے کوئی سرگوشی کر رہا ہو۔ خاص طور پر آخر کے دعائیہ فقرے علیا کو صاف سنائی دیا کرتے:

"یا پاک پروردگار! اپنے حبیبؐ کے صدقے میں اس اندھی محتاج کے سر کے سائیں کو ہمیشہ ہمیشہ قائم رکھ۔ یا پاک پروردگار اپنے حبیبؐ کے صدقے اس کے سب دشمنوں کو نیچا دکھا۔ یا پاک پروردگار اپنے

حبیبؐ کے صدقے اسے ہر بلا سے بچا۔ یا پاک پروردگار میری دعا قبول کر پہلے میں مروں۔ بعد میں وہ" آمین علیا چارپائی سے اٹھتا۔ چادر کو جھاڑ پٹک کر کمر پر باندھ لیتا۔ چادر کا پھٹا کاسن کر چراغ بی بی جلدی سے کوٹھری سے باہر نکلتی۔ اور بڑی لجاجت سے پوچھتی۔ "مجھے بلایا ہے جی؟"

بعض دفعہ علیا حاضر بھی ہوتا تو وہ اسے غائب تصور کر کے آپ ہی آپ بولتی رہتی:

"مجھ عیبوں بھری کو گلے سے لگایا! اس کا اجر اللہ اور اس کا حبیب اس کو دیگا۔ میں اندھی محتاج کس لائق ہوں۔ بیں اس کا بدلہ کیا دے سکتی ہوں میں تو آگ بھی نہیں جلا سکتی۔ روٹی بھی نہیں پکا سکتی۔ کپڑا بھی نہیں سی سکتی۔ کوئی گھر کا یا باہر کا کام نہیں کر سکتی۔ ہاں ایک پاؤں دابنا ہے۔ لیکن اس سے کیا ہوتا ہے۔"

چراغ بی بی گاؤں کی مسجد کے بوڑھے امام کی بیٹی تھی جس کی ماں بچپن ہی میں مر گئی تھی۔ مولوی صاحب خود تو بینا تھے۔ مگر بیٹی کی آنکھیں چیچک میں جاتی رہی تھیں۔ مولوی صاحب نے بن ماں کی بیٹی کو بڑی مصیبت سے پالا تھا۔ گاؤں کے سب چھوٹے بڑے ان کی عزت کرتے تھے۔ گاؤں کے سب نوجوان بلکہ ان کے باپ بھی مولوی صاحب سے کم از کم بغدادی قاعدہ ضرور پڑھ چکے تھے جب امام صاحب کا آخری وقت آیا تو انہوں نے گاؤں کے بڑے بوڑھوں کو بلوایا۔ اور ان سے بڑی عاجزی سے کہا:۔

"میں اپنے پیچھے ایک یتیم بچی چھوڑے جا رہا ہوں۔ وہ کبھی کی بیاہنے کے لائق ہو چکی ہے۔ مگر ابھی تک اس کا بیاہ نہیں ہوا۔ اگر میرے پیچھے بھی وہ یونہی رہی تو میری روح ہمیشہ تڑپتی رہے گی۔ میں نے عمر بھر آپ لوگوں کی جو بُری بھلی خدمت کی ہے۔ اس کے بدلے میں اگر میری بیٹی کو کہیں ٹھکانے لگا دیا جائے تو اس سے میری روح ہی خوش نہیں ہو گی بلکہ آپ لوگوں کو بھی اس کا اجر ملے گا اس دنیا میں بھی آخرت میں بھی"

اور مولوی صاحب چل بسے۔ ان کی تجہیز و تکفین کے بعد گاؤں کے بڑے بوڑھوں نے یہ مسئلہ پنچایت میں پیش کیا اور خاص طور پر نوجوانوں کو خطاب کرتے ہوئے کہا:۔

"ہے کوئی تم میں سے وہ غازی مرد۔ جو خدا ترسی کرے اور امام صاحب کے احسان کا بدلہ اُتارے"۔

کچھ دیر خاموشی رہی۔ آخر ایک نوجوان کی غیرت جوش میں آئی۔ وہ تھا تو غریب زمیندار کا بیٹا مگر اپنے من چلے پن کی وجہ سے ہر کام میں سب نوجوانوں سے آگے آگے رہتا۔ اس نے آگے بڑھ کر اس کارِ خیر کے لئے خود کو پیش کر دیا۔ یہ علیا تھا۔

اس پر کئی بن بیاہی بیٹیوں کے باپ جو علیا کو داماد بنانے کے خواب دیکھا کرتے تھے۔ گم سُم ہو گئے۔ وہ اپنے گاؤں کے نوجوانوں میں سے کسی ایسے شخص سے اس قربانی کی توقع رکھتے تھے جو ان کی نظر میں سیدھا سادہ ہو۔ اور گاؤں میں اس کی کوئی اہمیت نہ ہو۔ نہ کہ علیا سے جو اپنی کئی خوبیوں کی وجہ سے گاؤں بھر کے نوجوانوں میں انتخاب تھا۔ اور اس طرح چراغ بی بی علیا کے گھر میں بس گئی۔

علیا کو باپ سے ورثے میں زمین کا ایک چھوٹا سا ٹکڑا ملا تھا۔ بڑی محنت سے اُس پر کھیتی باڑی کرتا۔ اور جو تھوڑا بہت اناج مل جاتا اُس پر صبر و شکر کر کے گذارا کرتا۔ بیوی کا کوئی خاص خرچ نہیں تھا۔ نہ اُسے زیوروں اور نئے کپڑوں کی تمنا تھی۔ وہ مسجد کے حجرے میں پلی بڑھی تھی۔ روزہ نماز گویا اس کی گھٹی میں پڑا تھا۔ ابھی بچی ہی تھی کہ پانچوں وقت کی نماز بڑی پابندی سے ادا کرنے اور رمضان کے تیسوں روزے رکھنے لگی تھی۔ اس پر وہ نابینا بھی تھی اسے سوائے اللہ کو یاد کرنے کے اور کوئی کام ہی نہ تھا۔ بہت سی دعائیں اس نے چھوٹی عمر ہی میں باپ سے سیکھ لی تھیں ایک دو پارے بھی اُسے حفظ تھے۔ علیا کے گھر آ کر اس کے مذہبی جوش میں کوئی کمی نہ ہوئی۔ بلکہ عبادت گزاری نے کچھ زیادہ ہی شدت اختیار کر لی۔ اس کی کوٹھڑی میں آٹھ پہر اس کا مصلیٰ بچھا رہتا جس پر وہ نمازوں کے علاوہ دیر دیر تک وظیفے بھی پڑھتی رہتی۔ اس کی کوٹھری سے اکثر اگر اور لوبان کی خوشبوئیں آتی رہتیں ساتھ ساتھ یا غفور۔ یا رحیم۔ یا غفور یا رحیم کا ورد بھی جو دھیرے دھیرے بلند ہوتا جاتا۔ ایسے میں اگر علیا گھر آتا تو اسے یوں محسوس ہوتا جیسے وہ کسی خانقاہ میں داخل ہو گیا ہو۔ وہ خود تو نماز روزے کا زیادہ قائل نہ تھا۔ مگر چراغ بی بی کے اس مذہبی ولولے کو احترام کی نظر سے دیکھتا تھا۔ وہ اپنے دل کو یہ کہہ کر تسلی دے لیا کرتا کہ

ایسی پاک ہستی کے ساتھ مناکحت کے فرائض انجام دینا بھی عبادت سے کم نہیں ہے۔

علیا نے تھوڑے سے اناج اور چارہ پر گاؤں کی ایک بیوہ کی لڑکی رحمتے کو ہنڈیا روٹی اور گھر کے دوسرے کاموں کے لئے رکھ لیا تھا۔ یہ لڑکی جس کی عمر دس گیارہ برس کی تھی محنتی تو تھی ہی مگر ساتھ شوخ اور چنچل بھی تھی دن بھر چراغ بی بی کے ساتھ اس کی خوب گذرتی۔ چراغ بی بی اس سے خدا اور رسول کی باتیں کیا کرتی۔ اور رحمتے اُسے اِدھر اُدھر کے لطیفے اور چٹکلے اور گاؤں کی روز روز کی خبریں سناتی۔ گاؤں بھر میں صرف رحمتے ہی ایک ایسی لڑکی تھی جس سے چراغ بی بی اپنے دل کے راز کہا کرتی:۔

"رحمتے میرا بابا کہا کرتا تھا۔ بیٹا صبر کر۔ اللہ کا کوئی مودی آئے گا۔ ضرور آئے گا وہ تجھے خاک سے اٹھائیگا۔ وہ تجھے گلے لگائے گا۔ بابا کا کہنا سچ ہوا۔ آخر میرا شہزادہ آ ہی گیا۔

"رحمتے وہ یوسف سے زیادہ حسین ہے اس میں پیغمبروں والی شان ہے وہ غازی مرد ہے! اس نے میری خاطر گدائی قبول کی۔ گاؤں کا نمبردار اپنی بیٹی کو اس سے بیاہنا چاہتا تھا۔ اور سینکڑوں بیگھے زمین اس کے نام لکھنا چاہتا تھا، مگر اس نے مجھ عیبوں بھری اندھی کی خاطر، دولت کو ٹھکرا دیا۔ دھن دولت آنی جانی ہے۔ مرنے پر سارا مال وزر یہیں دھرا رہ جاتا ہے بس نیک اعمال انسان کے ساتھ جاتے ہیں"۔ رحمتے کہتی:

"چاگاں بی بی۔ اللہ کی سوں۔ چودھری علیا بڑا گبرو جوان ہے۔ تو بڑی بھاگوں والی ہے۔ اس کے گلے میں چاندی کا تعویز کالے ڈورے میں بندھا بڑا اچھا لگتا ہے۔"

اس پر چراغ بی بی جوش میں آکر کہتی:۔

"رحمتے۔ ہے گاؤں میں کوئی اور جوان۔ جو گھوڑے کی سواری میں کُشتی میں کبڈی میں اُس سے بازی لے جاسکے فصل کاٹنے میں اس کا ہاتھ ایسی تیزی سے چلتا ہے جیسے پانی میں مچھلی چلتی ہے۔ جتنی دیر میں چار جوان فصل کاٹیں اتنی دیر میں وہ اکیلا ان کے برابر کاٹ کے رکھدیتا ہے۔ اس کے بال گھنگھریالے ہیں اس کا جسم سڈول ہے۔ جب میں اس کے پاؤں دابتی ہوں تو مجھے بڑا مزہ آتا ہے۔ جب اکھاڑے کی مٹی

اس کے جسم کو لگتی ہے تو وہ اور بھی چمکنے لگتا ہے۔"

ان باتوں کا سب سے اچھا وقت وہ ہوتا، جب رحمتے آنگن میں چولھے کے پاس بیٹھی توے پر روٹیاں ڈال رہی ہوتی۔ اور چراغ بی بی اس کے پاس ہی چوکی پر آ بیٹھتی۔ جب وہ علیا کے بعض ایسے کمالات جو ظاہر نہیں نظر نہ آتے بیان کرتی تو رحمتے بے اختیار کہہ اٹھتی "اچھا چاگاں بی بی!"

اور جب چراغ بی بی بولتے بولتے تھک جاتی، تو رحمتے شروع ہوتی "سنا چاگاں بی بی، فتح رسولاں کے ہاں لڑکی پیدا ہوئی۔ اتنی چھوٹی جیسے چوہیا ہو... نمبردار کی بیٹی کرماں کی شادی کی تیاریاں ہو رہی ہیں ان دنوں سُنا ہے کہ شہر سے بینڈ باجے والے بلائے جائیں گے...... رات مٹھو کی دکان سے پانچ سیر تمباکو چوری ہو گیا۔"

ایک دن رحمتے روز سے ذرا جلدی آ گئی۔ وہ جوش میں بھری تھی جیسے کوئی بڑی انوکھی خبر لائی ہو۔ جیسے ہی علیا کھیت پر روانہ ہوا۔ وہ پھوٹ پڑی:

"سنا چاگاں بی بی۔ ہمارے قریب جو گاؤں ہے "دھوپ چڑھی" اس میں ایک زمیندار عمر رہتا ہے اس نے نئی شادی کی ہے۔ خود تو کمبخت ساٹھ برس کا ہے مگر دلہن سولہ سترہ برس سے زیادہ کی نہیں ہے سب گاؤں والے اسے بُرا کہہ رہے ہیں مگر اس کو کسی کی پروا نہیں بلکہ اس نے سب کو جلانے کے لئے دلہن کا گھونگھٹ اٹھوا دیا اور بڑی بڑی عجیب عجیب باتیں شروع کر دیں۔

"سنا ہے اس نے دو سفید گھوڑے خریدے ہیں، ایک اپنے لئے ایک دلہن کے لئے ہر روز صبح کو دونوں گھوڑوں پر سوار ہو کر سیر کو نکلتے ہیں۔ کبھی بڈھے کو کوئی کام ہوتا ہے تو وہ گلنار کو اکیلا ہی بھیج دیتا ہے۔ سنا ہے کل گلنار اکیلی گھوڑے پر سوار سیر کرتی ہمارے گاؤں کی طرف آ نکلی۔ اس نے گاؤں والوں سے بڑی آزادی سے باتیں کیں۔ کچھ لڑکے اس کے سفید گھوڑے کے پیچھے ہو لئے۔ وہ سب اس کو بڑی حیرانی سے دیکھتے تھے۔ اس کا رنگ میموں کی طرح گورا ہے اور بال سنہرے ہیں۔ سنا ہے وہ بڑی خوبصورت

ہے۔ اس نے ریشمی قمیص اور شلوار پہن رکھی تھی۔ اس پر بڑے بڑے گلاب کے پھول بنے تھے۔ پاؤں میں زری کی جوتی تھی۔ اُس نے سُرخ دوپٹے کو جس کے کناروں پر گوٹا لگا تھا۔ چھاتی پر بل دیکر گرہ سی باندھ لی تھی وہ بڑی شان سے گھوڑے پر بیٹھی تھی جیسے کہیں کی رانی ہو۔ اس نے ہمارے کھیتوں کی بھی خوب سیر کی۔۔۔۔۔ اور چاگاں بی بی چودھری علیا نے بھی تو اسے دیکھا تھا۔ بلکہ کچھ باتیں بھی کی تھیں۔ شاید وہ راستہ پوچھ رہی تھی۔

"کیا کہا تو نے؟ اس نے دیکھا تھا؟ اس نے باتیں کی تھیں؟"

"ہاں چاگاں بی بی"

"سیرے شہزادے نے؟"

ہاں علیا چودھری نے۔ چاگاں بی بی"

"چل چپ رہ۔ زیادہ باتیں نہ بنا۔ میرے سر میں درد ہو رہا ہے میں جاتی ہوں"

یہ کہہ کر وہ چوکی سے اٹھی اور راہ ٹٹولتی ہوئی اپنی کوٹھری میں چلی گئی۔ اس دن اس نے رحمتے سے اور کوئی بات نہ کی۔

شام کو علیا کھیتوں سے واپس آیا۔ گھر پر وہ زیادہ تر خاموش ہی رہا کرتا تھا۔ مگر اس شام وہ گھر میں زیادہ چلا پھرا بھی نہیں۔ پہلے خاموشی سے چار پائی پر بیٹھ کر کھانا کھاتا رہا۔ پھر حقہ بھرا اور دیر تک پیتا رہا۔ اس عرصے میں چراغ بی بی بھی خاموش رہی۔ مگر جب علیا سونے لگا اور تہ بند کو چادر کی طرح اوڑھ کر چار پائی پر لیٹ گیا تو وہ حسب معمول اس کے پاس آئی اور اس کی چار پائی پر بیٹھ کر اس کے پاؤں دابنے لگی۔ مگر ابھی پندرہ منٹ بھی نہ گزرے تھے کہ علیا نے کہا "چاگاں بس کر، مجھے نیند آ رہی ہے"۔

علیا کے اس خلاف معمول رویہ پر وہ بھونچکی رہ گئی اس نے ایک دبی دبی سی آہ بھری اور پھر خاموشی سے اٹھ کر اپنی کوٹھری میں چلی گئی۔

تھوڑی دیر کے بعد اس کی کوٹھری سے "یا غفور یا رحیم یا غفور یا رحیم" کے الفاظ سنائی دینے لگے

یہ وظیفہ کوئی گھنٹہ بھر جاری رہا۔ پھر چراغ بی بی ہاتھوں سے راہ ٹٹولتی اس کی چارپائی کے پاس پہنچی اور بڑی ملائمت سے اس کے پاؤں کو جو چادر سے باہر نکلے ہوئے تھے چھوا۔ اس کا جی چاہا کہ وہ چارپائی پر بیٹھ جائے اور معمول کی طرح اُس کے پاؤں دابنا شروع کردے۔ مگر اُسے جرأت نہ ہوئی اور وہ واپس اپنی کوٹھری میں چلی گئی۔ تھوڑی دیر کے بعد کوٹھری سے پھر آواز آنے لگی جیسے کوئی سرگوشی کرتا ہے۔

"مجھ عیبوں بھری کو گلے سے لگایا۔ اس کا اجر اللہ اور اس کا حبیب اسکو دیگا، میں اندھی محتاج کس لائق ہوں۔ یا پاک پروردگار اپنے حبیب کے صدقے میرے سر کے سائیں کو ہمیشہ ہمیشہ قائم رکھ۔ یا پاک پروردگار اس کے دشمنوں کو زیر کر۔ یا پاک پروردگار اُسے ہر بلا سے محفوظ رکھ۔ یا پاک پروردگار اپنے حبیب کے صدقے جو کوئی اِس پر حسن کا وار کرے۔ اس کے حسن کو غارت کر۔ یا پاک پروردگار اپنے حبیب کے صدقے میری دعا قبول کر۔ یا پاک پروردگار پہلے میں مروں بعد میں وہ مرے۔ آمین۔"

دو گھنٹے بعد وہ اپنی کوٹھری سے پھر نکلی اور اس کی چارپائی کے پاس پہنچ کر اس کے پیروں کو ٹٹولنے لگی اور یہ اطمینان کرکے کہ وہ چارپائی پر بدستور چادر تانے سو رہا ہے وہ پھر اپنی کوٹھری میں چلی گئی۔

ابھی کچھ کچھ رات باقی تھی کہ وہ پھر کوٹھری سے نکلی اور سائے کی طرح چلتی ہوئی علیا کی چارپائی کے قریب آئی۔ اور اپنے گرم گرم ہاتھوں سے اس کے پاؤں ملنے لگی۔ پھر اس کے پائنتی زمین پر بیٹھ گئی اور اس کے دونوں پاؤں کے تلوؤں کو چوما۔ علیا نے سوتے میں کروٹ بدلی۔ اور اپنی ٹانگوں کو سکیڑ کر چادر کے اندر کرلیا۔

جب صبح صادق نمودار ہوئی تو چراغ بی بی کی کوٹھری سے پھر آواز آنے لگی اب کے آواز میں غیر معمولی جوش تھا اور وہ معمول سے زیادہ بلند تھی،

"اس نے مجھ اندھی عیبوں بھری کی خاطر گدائی قبول کی! اس نے مجھے گلے سے لگایا۔ میرا شہزادہ یوسف سے زیادہ حسین ہے۔ اس میں پیغمبروں والی شان ہے ...."

تنکے کا سہارا

ہمارے محلے میں ایک میر صاحب رہا کرتے تھے۔ نام سے تو ان کے شاید دو ایک آدمی ہی واقف تھے مگر رفتہ رفتہ سب کو یہ معلوم ہو گیا تھا کہ وہ چنگی خانے میں ملازم ہیں۔ خدا معلوم وہاں کیا کام کرتے تھے۔ مگر شام کو جب وہ لوٹتے تو کبھی دو چار گنے، کبھی گڑ کی بھیلی، کبھی پان، کبھی کھجوریں، رومال میں بندھی ہوئی ان کے ہاتھ میں ہوتیں۔ ادھیڑ عمر، دبلے پتلے منحنی سے آدمی مگر خوش اخلاق اور وضعدار۔ کتھئی رنگ کی بوسیدہ سی شیروانی اور سفید صافہ۔ جاڑے گرمی یہی ان کا لباس رہتا۔ چگی ڈاڑھی، باچھوں میں ہلکی ہلکی پیک بھی ہوتی۔ راستے میں کبھی محلے کے بچے کھیلتے ہوئے مل جاتے تو رومال سے کھجوریں یا بیر نکال نکال کے انھیں دیا کرتے اور شفقت سے ان کے سر پر ہاتھ پھیرا کرتے۔ وہ خود بھی کئی بچوں کے باپ تھے۔

اس محلے میں یوں تو غریب غربا ہی بستے تھے، مگر کچھ گھر کھاتے پیتے لوگوں کے بھی تھے۔ یہ ایک بڑا سا چوکور احاطہ تھا جس کے چاروں طرف چھوٹے چھوٹے دو منزلہ مکان تھے اور بیچ میں کھلا میدان۔ نچلی منزل میں دو دو کوٹھریاں اور ایک ایک آنگن کے مکان تھے۔ ان میں زیادہ تر گاڑی بان بسے ہوئے تھے جن کے نام سے یہ محلہ مشہور تھا۔ ان کی گاڑیاں اور مویشی رات کو اسی میدان میں پڑے رہتے تھے اور وہ خود بھی سخت جاڑے کے دو ایک مہینوں کو چھوڑ کر باقی سارے سال باہر میدان ہی میں

سوتے تھے میر صاحب کا خاندان بھی ان نچلے مکانوں ہی میں سے ایک میں رہتا تھا۔

اوپر کی منزل والے مکانوں میں جن کی مکانیت نسبتاً بہتر تھی، کچھ تو دفتروں کے بابو اور منشی متصدی رہتے تھے اور کچھ بیوپاری اور دکاندار جن کی دکانیں محلے کے قریب ہی بازار میں تھیں۔ ایک حاجی صاحب تھے جو ہیڈ کلرکی سے ریٹائر ہو کر پنشن پا رہے تھے۔ ان کا بڑا سا کنبہ تھا۔ ایک لڑکا کسی دفتر میں ٹائپسٹ تھا۔ دوسرا بیمہ کا کام کرتا تھا۔ دونوں کی شادیاں ہو چکی تھیں۔ علاوہ ازیں ایک لڑکا اسکول میں پڑھتا تھا۔ اور پھر حاجی صاحب کی بیگم بھی حیات تھیں۔ یہ سب لوگ دو ملحقہ گھروں میں رہتے تھے۔ جن کی درمیانی دیوار کو بیچ میں سے توڑ کر آنے جانے کے لئے راستہ بنا لیا گیا تھا۔

حاجی صاحب کے علاوہ اس احاطے میں ایک اور کھاتا پیتا گھر ٹھیکیدار غلام رسول کا تھا جس نے سرکاری عمارتوں کے ٹھیکے میں خاصی دولت پیدا کی تھی۔ ایک گھر مہر فضل دین فرڈٹ مرچنٹ کا تھا۔ ایک میں چودھری فتح محمد انجینئر رہتے تھے۔ ایسے ہی دو ایک گھر اور تھے جن کو نسبتاً خوش حال کہا جا سکتا تھا۔

ایک دفعہ جاڑوں میں میر صاحب بیمار پڑ گئے۔ معمولی مرض تھا انھوں نے پروانہ کی اور برابر کام پر جاتے رہے۔ مگر مرض بڑھتا گیا اور دو چار ہی دن میں وہ نڈھال ہو کر چار پائی پر پڑ گئے۔ محلے کے لوگوں نے دو ایک مرتبہ انھیں لاٹھی کے سہارے عطار کی دکان پر کھڑے دیکھا۔ اس کے بعد وہ کئی دن نظر نہ آئے اور آخر ایک دن اچانک یہ خبر سارے محلے میں پھیل گئی کہ چنگی والے میر صاحب چل بسے۔

محلے والے ان کی خستہ حالی سے تو واقف تھے۔ مگر یہ بات کسی کے گمان میں نہ تھی کہ مرنے کے بعد ان کی تجہیز و تکفین کے لیے بھی گھر سے کچھ نہیں نکلے گا مرحوم کو اس محلے میں رہتے تقریباً چار برس ہو گئے تھے مگر اس عرصے میں وہ سب سے الگ تھلگ ہی رہے تھے۔ ویسے تو محلے کے لوگوں کے ساتھ ہمیشہ خوش اخلاقی سے پیش آتے رہے مگر انھوں نے کسی سے میل جول بڑھانا پسند نہیں کیا۔ نہ خود کسی کے ہاں گئے۔ نہ کسی کو اپنے ہاں بلایا۔ ان کے بچے بھی گھر سے کم ہی باہر نکلا کرتے۔ چنانچہ ہمسایوں پر ان کے گھر کی صحیح حالت کبھی

ظاہر نہ ہونے پائی تھی مگر اب اچانک میر صاحب مرحوم کی غربت کا پورا اندازہ ہو جانے پر اہل محلہ بھونچکا رہ گئے۔ پردیس میں ایک شریف سید مسلمان کے لاشے کی اس بے کسی و رسوائی پر ان کی رگ حمیت پھڑک اٹھی دم بھر میں محلے کی عورتیں مرحوم کے گھر میں اور مرد باہر جمع ہو گئے۔ فوراً چندہ کیا گیا اور میر صاحب کی میت کو عزت و آبرو کے ساتھ آخری منزل تک پہنچا دیا گیا۔

اگلے روز صبح کو محلے کی مہترانی سگو آئی تو دیکھا کہ سید کی بیوہ آنگن میں زمین پر بیٹھی ہے۔ چار بچوں کو تو اپنے گرد بٹھا رکھا ہے اور پانچواں گود میں ہے ہنستی جا رہی ہے اور مٹھی میں مٹی بھر بھر کے بچوں کے سروں پر ڈالتی جا رہی ہے اس واقعہ کے بعد محلے والوں نے میر صاحب مرحوم کے بیوی بچوں کو اپنی سرپرستی میں لے لینا اپنا فرض قرار دے لیا۔

میر صاحب مرحوم ایک زوال پذیر خاندان کے آخری فرد تھے جنہیں فکر معاش نے ترک وطن پر مجبور کیا تھا وہ برسوں دیس دیس کی خاک چھانتے پھرے جہاں ذرا سا بھی سہارا ملا وہیں کے ہو رہے اور بیوی بچوں کے ساتھ جیسے تیسے زندگی کے دن پورے کرتے رہے۔ وہ خود تو شہری زندگی کے پروردہ تھے مگر بیوی گاؤں کی رہنے والی سیدھی سادی عورت تھی۔ زمانے کی اونچ نیچ سے بے خبر صحت اچھی تھی شکل صورت کی بھی بری نہیں تھی بھی تو وہ بھی سید زادی ہی مگر اس میں غرور نام کو نہ تھا بیاہ کی تابع داری کرنا اور بچے پالنا یہی دو باتیں اس نے اپنی ماں سے سیکھی تھیں۔

میر صاحب سے شادی کے نو برس میں اس کے ہاں چھ بچے ہوئے تھے۔ چار لڑکیاں اور دو لڑکے ایک لڑکی شیر خواری ہی میں مر گئی تھی۔ باقی پانچ بچوں میں سب سے بڑی کبریٰ تھی جس کی عمر آٹھ برس تھی اس سے چھوٹی صغریٰ کی سات برس۔ پھر دو لڑکے تھے فرزند علی اور حشمت علی۔ ایک پانچ برس کا دوسرا ساڑھے تین برس کا۔ سب سے چھوٹی کلثوم تھی۔ جو ابھی چار ہی مہینے کی تھی۔ پردیس میں یوں اچانک شوہر کے اٹھ جانے اور خود بچوں کے ساتھ بے سہارا رہ جانے پر غریب عورت کے دماغ کو سخت صدمہ

پہنچا تھا۔ اور وہ اپنے اور بچوں کے بارے میں کچھ سوچنے سمجھنے سے قاصر تھی۔ ادھر بچے بھی اپنی اپنی عقل کے مطابق اس واقعہ کی اہمیت کو کچھ کچھ سمجھ کر گم سم رہ گئے تھے۔ انہوں نے نہ تو روٹی کے لئے ضد کی تھی اور نہ مٹھائی کے لئے پیسہ مانگا۔ وہ خود ہی چنگیر میں سے سوکھی روٹی کے ٹکڑے نکال نکال کر کھاتے رہے تھے۔

اگلے روز محلے والوں کی سرپرستی عملی صورت میں ظاہر ہونی شروع ہو گئی۔ محلّے میں ایک شخص رہتا تھا جس کی قریب ہی بازار میں دودھ دہی کی دکان تھی۔ علی الصباح اس کی دکان کا ایک لڑکا ایک کوزے میں پاؤ بھر تازہ تازہ دودھ لئے میر صاحب مرحوم کے مکان پر پہنچا اور دروازہ کھٹکھٹانے لگا۔ کبریٰ نے دروازہ کھولا تو وہ بولا :۔

"استاد نے یہ دودھ بھیجا ہے چائے کے لئے۔ ہر روز ایسے ہی آیا کرے گا"۔ اور وہ دودھ کا کوزہ لڑکی کو دیکر چلا گیا۔

اسی طرح تھوڑی دیر کے بعد محلے کے بڑے قصاب کے ہاں سے ڈیڑھ پاؤ چربی دار گوشت آ گیا۔ کنجڑے نے سبزی بھیج دی۔ غرض دس بجتے بجتے ضرورت کی کچھ اور چیزیں بھی پہنچ گئیں۔ بارہ بجے کے قریب بھٹیارے کے ہاں سے آٹھ دس گرم گرم روٹیاں لگ کر آ گئیں۔ ان میں ایک روٹی اس نے خاص طور پر چھوٹے بچوں کے لئے روغنی لگا کے بھیجی تھی اور کہلا بھیجا تھا کہ کم پڑیں تو اور منگوا لینا۔ اس شتی میں پورا محلہ شامل تھا۔ کیونکہ جن جن گھروں سے روٹیاں لگنے آتی تھیں، بیبیوں نے ایک ایک پیڑا سید انی کے نام کا پہلے ہی الگ کر دیا تھا۔

محلے کا ایک گاڑی بان اپنے چھکڑے میں ٹال کے لئے لکڑیاں لادا کرتا تھا۔ وہ بھرا ہوا چھکڑا لیکر بیوہ کے دروازے پہنچا اور بے پردہ گرا کر دو من لکڑی گھر کے اندر ڈال گیا۔

دوپہر کو حاجی صاحب کے ہاں سے پرانے کپڑوں کا ایک گٹھر سید کی بیوہ کے ہاں بھیجا گیا، ساتھ ہی حجن بی نے کہلوا بھیجا کہ کبریٰ اور صغریٰ کو بھیج دو، کلام پاک کا سبق پڑھ جائیں اور چٹیا بھی کروالیں

تیسرے پہر حاجی صاحب نے محلے کے تین چار معتبر آدمیوں کو اپنے ساتھ لیا۔ اور اس احاطے کے مالک کے پاس پہنچے۔ انھوں نے اس سے دین اور آخرت کی بہت سی باتیں کیں۔ سادات کی قربانیاں اور عظمتیں جتلائیں۔ اور بالآخر اسے اس امر پر راضی کر لیا کہ وہ بیوہ سیدانی کا پچھلے چار ماہ کا واجب الادا کرایہ معاف کر دے اور آئندہ اس سے آٹھ کے بجائے چھ روپے ماہوار کرایہ لیا کرے۔ یہ رقم حاجی نے محلے کے کھاتے پیتے گھروں پر بطور ماہانہ چندہ عاید کی۔ چونکہ چار چھ آنے کی بات تھی۔ غریب بھی خوشی خوشی اس چندہ میں شامل ہو گئے اور یہ طے پایا کہ کرایہ ادا کر کے جو رقم بچ رہے وہ بیوہ کو نقدی کی صورت میں دے دی جائے۔ تاکہ اس سے وہ اپنی دوسری ضرورتیں پوری کر سکے۔

سگو نے کہا "میں اپنی آٹھ آنے مہینہ تنخواہ چھوڑ دوں گی"۔ مگر اس کی اس پیش کش کو منظور نہیں کیا گیا۔ کہ یہ کمین لوگ ہیں۔ شاید کبھی طعنہ دے بیٹھیں۔

نچلے مکانوں میں میر صاحب مرحوم کے مکان سے ملا ہوا۔ ایک گھر تھا جس میں ایک نوجوان جوڑا حال ہی میں آ کر بسا تھا۔ میاں کسی چھاپے خانے میں کام کرتا تھا۔ بیوی گھر کے مختصر سے کام سے فارغ ہو کر دن بھر پلنگ پر پڑی رہتی۔ جس دن محلے والوں کی طرف سے بیوہ سیدانی کے ہاں کھانے پینے کا سامان پہنچا وہ جلد جلد میاں کو ناشتہ کرا کام پر بھیج، دروازے پر قفل ڈال سیدانی کے ہاں چلی آئی۔ گھر میں جھاڑو دی۔ بچوں کا منہ دھلایا۔ چولھے میں راکھ بھری تھی۔ اسے صاف کر کے آگ جلائی۔ پکانے کا سامان آ ہی چکا تھا۔ جلد جلد مصالحہ پیس کر ہنڈیا چولھے پر چڑھا دی۔ روٹیاں تنور سے آ گئی تھیں۔ سب بچوں کو کھانا نکال کر دیا۔ سیدانی خاموش بیٹھی کھوئی کھوئی نظروں سے اسے یہ سب کام کرتے دیکھتی رہی۔ جب ہمسائی نے اس سے بھی کھانا کھانے کو کہا تو اس نے منہ پھیر لیا۔ اس پر ہمسائی نے اسے سمجھایا کہ اپنی شیر خوار بچی کا خیال کرو۔ کھاؤ گی نہیں تو دودھ کیسے اترے گا۔ غرض زور دے کر چند نوالے اس کو کھلا ہی دئے۔

شام کو اس کا میاں چھاپے خانے سے سنیما کے کچھ رنگدار پوسٹر لایا۔ یہ پوسٹر اس نے بیوہ کے بچوں کو دے دیئے۔ پھر بڑے لڑکے فرزند علی کو سائیکل پر اپنے آگے بٹھا کر گول باغ کی سیر کرانے لے گیا۔

غرض دو چار ہی دن میں محلے کے سب لوگوں نے مل کر میر صاحب مرحوم کے پس ماندگان کے رہنے سہنے کا خاطر خواہ انتظام کر دیا۔ رفتہ رفتہ بیوہ کے حواس بھی بجا ہونے لگے اور وہ گھر اور بچوں کی دیکھ بھال کی طرف زیادہ توجہ کرنے لگی۔ شروع شروع میں اسے محلے والوں کی امداد قبول کرتے ہوئے حجاب محسوس ہوا تھا، مگر وہ اس بیچارگی میں کر بھی کیا سکتی تھی۔ ناچار قسمت پر شاکر ہو کر بیٹھ گئی۔

اُدھر محلے والوں کو اپنی اس اجتماعی کوشش سے ایک ایسی تسکین کا احساس ہو رہا تھا۔ جو زندگی میں پہلے کبھی نہیں ہوا تھا۔ نیکی کے جذبے نے دلوں کو گداز کر دیا تھا۔ ہر شخص اخلاقی طور پر اپنے کو پہلے سے بلند محسوس کرنے لگا تھا اور وہ لوگ جو اب تک ایک دوسرے سے بے تعلق خود غرضانہ زندگی بسر کر رہے تھے۔ ان میں ایک باہمی رواداری پیدا ہو گئی تھی جیسے وہ ایک ہی خاندان کے فرد ہوں۔

اس سلسلے میں سب سے پیش پیش حاجی صاحب کا گھر تھا۔ جہاں اس لاوارث سید خاندان کو زیادہ سے زیادہ آسائش پہنچانے کے لئے تجویزیں سوچی جاتی تھیں۔ حاجی صاحب مردوں میں اور حجن بی عورتوں میں پہروں اسی کا تذکرہ کیا کرتیں۔ بڑی بی کو سب سے زیادہ فکر کبریٰ و صغریٰ کی شادی کے لئے جہیز جمع کرنے کی تھی۔ وہ ابھی سے ان لڑکیوں کے لئے مناسب رشتوں کی کھوج میں رہنے لگیں۔

دن گزرتے گئے۔ یہاں تک ایک سال ہو گیا۔ اس عرصے میں محلے والے میر صاحب مرحوم کے اہل و عیال کی پرورش کرتے رہے۔ اور جس جس نے جو جو چیز اپنے ذمے لی تھی۔ اُسے وہ بلا ناغہ مہیا کرتا رہا۔

ادھر اب بیوہ سیدانی کو کچھ کچھ سلائی کا کام بھی ملنے لگا تھا جس میں اس کی بڑی بیٹی اس کا ہاتھ بٹاتی تھی دونوں لڑکوں کو اسکول میں داخل کر دیا گیا تھا۔ حاجی صاحب نے اپنے رسوخ سے ان کی فیسیں معاف کرا دی تھیں۔ بڑا لڑکا فرزند علی جسے میر صاحب مرحوم نے گھر پر پڑھانا شروع کیا تھا۔ دوسری میں اُد

چھوٹا حشمت علی پہلی جماعت میں داخل کرلئے گئے۔ لڑکیوں کو جمن بی گھر پر پڑھاتیں ساتھ ساتھ خانہ داری کی باتیں اور سینا پرونا بھی سکھاتیں۔

اسی طرح چار برس گذر گئے۔ سید کی بیوہ اور اس کے بچے محلے والوں کی امداد پر جو نقد یا جنس کی صورت میں انہیں ملتی گزر کرتے رہے۔ چونکہ اس امداد میں پندرہ بیس گھر شامل تھے۔ اس لیے کسی کو بوجھ محسوس نہیں ہوتا تھا۔ اتنی رقم تو ہر ماہ چھوٹے موٹے کے یتیم خانے والے ہی بٹور لے جاتے تھے۔ چنانچہ ہر شخص مطمئن تھا کہ وہ صحیح معنوں میں مستحقوں کی امداد کر رہا ہے۔

اب صغریٰ اور کبریٰ تیرہ تیرہ چودہ چودہ برس کی ہوگئی تھیں۔ بلوغت کو پہنچ کر دونوں نے خوب رنگ روپ نکالا تھا۔ اگرچہ گھر میں سخت پردہ تھا اور لڑکیاں محلے کے دو ایک گھروں کے سوا اور کہیں آتی جاتی نہ تھیں۔ پھر بھی محلے کے ہر گھر میں ان کے حسن و جمال کا چرچا تھا۔ خاص کر صغریٰ کا جس کی نیلی نیلی آنکھیں اور بھورے بال اس کے سرخ و سفید چہرے پر بہت بھلے معلوم ہونے لگے تھے۔ اس سے لوگوں کے دلوں میں ان کے مستقبل کے بارے میں طرح طرح کے اندیشے پیدا ہونے لگے تھے۔

ایک دن مہر فضل دین فروٹ مرچنٹ سے اس کی بیوی نے کہا:۔

"کچھ خبر بھی ہے۔ یہ صغریٰ کبریٰ کو جمن بی سارا سارا دن اپنے پاس کیوں بٹھا رکھتی ہیں!"

مہر فضل دین نے استفسار بھری نظروں سے بیوی کی طرف دیکھا۔

"وہ اپنے بیٹے الطاف سے صغریٰ کو بیاہنے کی فکر میں ہیں جبھی تو کوئی اور لڑکا ان کی نظروں میں نہیں جچتا۔ میں نے اپنے بھانجے کے لئے کوشش کی تو ٹال مٹول کرنے لگیں۔ میں کہتی ہوں ان لڑکیوں کا جمن بی کے ہاں جانا بند کرانا چاہیئے۔"

"مگر وہاں تو وہ جمن بی سے کلام مجید پڑھنے جاتی ہیں۔"

"جمن بی کو خود تو کچھ آتا جاتا نہیں دوسروں کو خاک پڑھائیں گی۔ میں نے سنا ہے جیسا غلط سلط

کلام مجید وہ پڑھتی ہیں:"

ادھر فتح محمد انجینئر اپنی بیوی سے کہہ رہے تھے:

"ہمیں لڑکیوں کی ضرورت نہیں۔ ہمیں تو میر صاحب کا چھوٹا لڑکا مل جائے جسے ہم متبنٰی بنالیں میں اسے اعلیٰ تعلیم کے لئے ولایت بھیج سکتا ہوں۔ ہمارے کوئی اولاد تو نہیں ۔ بس وہی ہماری جائداد کا مالک ہوگا۔ مگر حاجی صاحب کہاں ماننے والے ہیں"

غرض رفتہ رفتہ اہل محلہ اس خاندان کی سرپرستی میں حاجی صاحب کے حد سے بڑھتے ہوئے دخل کو ناپسند کرنے لگے تھے۔ پھر جس ڈھب سے بچوں کی پرورش ہورہی تھی۔ اس سے بھی بعض لوگوں کو اختلاف تھا۔ اس پر غضب یہ ہوا کہ حاجی صاحب کا بیٹا جو بی۔ اے میں پڑھتا تھا۔ علانیہ صغریٰ سے اپنے عشق کا اظہار کرنے لگا۔ اس نے اپنے "عشق جنوں پرور" کے بارے میں ایک نظم بھی ایک ادبی رسالے میں چھپوائی تھی۔ اس کا نتیجہ یہ ہوا کہ محلے کی عورتوں نے سید کی بیوہ پر دباؤ ڈال کر حاجی صاحب کے ہاں صغریٰ کبریٰ کا آنا جانا بالکل بند کرا دیا۔ رہی لڑکیوں کی تعلیم تو یہ کام محلے کی مسجد کے امام صاحب کے سپرد کردیا گیا۔

ان مولوی صاحب کی عمر پچاس کے لگ بھگ تھی۔ رنگ سانولا تھا۔ مگر خدوخال میں خاصی جاذبیت تھی۔ آنکھوں میں سرمہ لگاتے۔ ڈاڑھی میں ابھی سفید بال کم ہی نمودار ہوئے تھے۔ خاصے خوش الحان تھے۔ ان کی اذان کی آواز محلے بھر میں سنائی دیا کرتی تھی۔ وہ کئی شہروں میں مسجدوں کے امام رہ چکے تھے۔ مگر طبیعت سیلانی تھی۔ اس لئے کہیں بھی پانچ چھ مہینے سے زیادہ نہیں ٹکے ۔ امام صاحب صبح کی نماز کے بعد بیوہ سیدانی کے گھر آجاتے اور دو گھنٹے تک لڑکیوں کو قرآن شریف کے ساتھ ساتھ اردو فارسی بھی پڑھاتے۔

اسی زمانے میں میر صاحب مرحوم کے خاندان پر اچانک ایک ایسی مصیبت ٹوٹ پڑی جس سے محلے کے لوگ وقتی طور پر اپنے اختلافات بھول گئے۔ ہوا یہ کہ فرزند علی نے جو اب بارہ برس کا ہوگیا تھا۔

اسکول میں کسی لڑکے کے پیٹ میں چاقو گھونپ دیا۔ اس لڑکے کو کسی طرح فرزند علی کے خاندان کے حالات معلوم ہو گئے تھے اور وہ اسے اکثر چھیڑا کرتا تھا۔ وہ کہا کرتا: "تو بے غیرت ہے تو محلے والوں کے ٹکڑوں پر پلا ہے۔ دیکھ لیجو ایک دن تیری بہنیں ایکٹرسیں نہیں گی ایکٹرسیں"۔

چونکہ وہ لڑکا عمر میں فرزند علی سے بڑا تھا اور طاقتور بھی تھا۔ اس لئے فرزند علی طرح دے جایا کرتا۔ لیکن آخر ایک دن تنگ آکر اس لڑکے کے چاقو مار دیا۔ وہ لڑکا تھوڑی ہی دیر میں چل بسا اور فرزند علی کو پولیس پکڑ کر لے گئی۔

یہ مقدمہ مہینوں چلتا رہا۔ حاجی صاحب اور محلے کے دوسرے بااثر لوگوں نے بہتیرا زور لگایا مگر فرزند علی سزا سے نہ بچ سکا۔ اور وہ پانچ برس کے لئے بورسٹل جیل بھیج دیا گیا۔ اس واقعہ سے محلے والوں کی ہمدردی میر صاحب مرحوم کے خاندان سے پھر تازہ ہو گئی۔ کئی دن تک محلے کی عورتیں بیوہ سیدانی کے گھر آتی اور اس کی دلجوئی کرتی رہیں۔ غریب عورت ایک بار پھر قسمت کو رو کر بیٹھ رہی۔

جس زمانے میں صغریٰ و کبریٰ اجن بی سے پڑھنے آیا کرتی تھیں تو الطاف کو کبھی کبھار ان کی ایک جھلک دیکھ لینے کا موقع مل جاتا تھا۔ مگر اب جو مہینوں صغریٰ اس کی نظروں سے اوجھل رہی تو اس کی بے تابی حد سے بڑھ گئی۔ یہاں تک کہ اس نے اپنی ماں اجن بی سے صاف کہدیا کہ اگر میری شادی صغریٰ سے نہ ہوئی تو میں زہر کھا لوں گا۔

اس کی اس بے تابی نے اس مسئلے کو اور بھی اُلجھا دیا۔ کیونکہ اس کی ان حرکات کی وجہ سے اہل محلہ اسے چھچھورا اور آوارہ مزاج سمجھنے لگے تھے۔ اور حاجی صاحب کو ان کی مخالفت کے ڈر سے اس رشتے کا ذکر چھیڑنے کی جرأت نہ ہوتی تھی۔ کچھ یہ دقت بھی تھی کہ جب تک بڑی لڑکی کا بیاہ نہ ہو جائے چھوٹی لڑکی کا سوال کیونکر اٹھایا جائے

جوں جوں دن گذرتے گئے محلے والے حاجی صاحب کے اور بھی زیادہ مخالف ہوتے گئے۔

یہاں تک کہ معمولی معمولی دکاندار بھی ان پر آوازے کسنے لگے اور ان کے لئے بازار میں آنا جانا مشکل ہوگیا۔

بڑ قصاب کہتا "دیکھیں حاجی صاحب کیسے لڑکے کی شادی رچاتے ہیں۔ پہلے وہ میرا پانچ سو روپیہ تو ادا کر دیں۔ میں تو انہیں کے کہنے پر اتنے عرصے میر صاحب کے ہاں گوشت پہنچاتا رہا ہوں"۔

کنجڑا کہتا "اتنا ہی نانوں میرا بھی نکلتا ہے بھائی"۔

شیر فروش کہتا "ہم نے بھی مفت دودھ نہیں پلایا"۔

غرض محلے کے حالات اس درجہ بگڑ گئے تھے کہ اگر حاجی صاحب کی بزرگی آڑے نہ آتی تو ہاتھا پائی تک نوبت پہنچ گئی ہوتی

ایک دن جب اہلِ محلہ مسجد میں عشا کی نماز پڑھ کر جانے لگے تو امام مسجد نے جو میر صاحب مرحوم کی لڑکیوں کو گھر پر پڑھانے آیا کرتے تھے۔ حاجی صاحب اور چند دوسرے معتبر لوگوں کو یہ کہکر روک لیا کہ آپ سے ایک ضروری مسئلے پر بات کرنی ہے۔ جب اور لوگ چلے گئے تو امام صاحب نے بڑے سنجیدہ لہجہ میں کہا:۔

"آپ سب حضرات نہایت ہی نیک دل اور خدا ترس ہیں۔ خدا شاہد ہے میں نے اتنے شریف اور ہمدردِ انسان اور کسی محلے میں نہیں دیکھے۔ آپ نے میر صاحب مرحوم کے خاندان سے جو فیاضانہ سلوک کیا ہے اور اس سلسلے میں جو عملی قدم اٹھائے ہیں اس کا اجر خدا اور اس کا رسول آپ کو دیگا۔ کاش میرے پاس بھی پیسہ ہوتا۔ اور میں بھی اس کارِ خیر میں آپ کا شریک ہوتا لیکن اب میں آپ کے سامنے ایک تجویز پیش کرتا ہوں جو فرمانِ خدا اور سنتِ رسول ہے۔ یعنی میں سید کی بیوہ سے عقد کا خواہاں ہوں۔ مجھے آپ لوگوں پر پورا اعتماد ہے کہ اس لاوارث سید خاندان کی بہتری کیلئے آپ اس کارِ خیر میں میری امداد کریں گے"۔

حاجی صاحب اور دوسرے لوگ امام صاحب کی اس تجویز کو سن کر دم بخود رہ گئے۔

"بہتر ہے" آخر حاجی صاحب بولے "اس امر میں بیوہ سیدانی کی رائے بھی لے لی جائے۔"

دوسرے دن دوپہر کے بعد محلے کی کچھ عورتیں بیوہ سیدانی کے ہاں پہنچیں اور اس سے عقدِ ثانی کی بات چھیڑی۔ سیدانی بڑی دیر تک خاموش سر جھکائے بیٹھی رہیں۔ پھر یک لخت ان کی آنکھوں سے آنسو جاری ہو گئے جب محلے کی عورتوں نے بار بار اپنا سوال دُہرایا تو وہ رک رک کر اتنا کہہ سکیں۔

"جب اللہ اور رسول کا یہی حکم ہے تو مجھے کیا عذر ہو سکتا ہے۔"

یہ کہتے کہتے سیدانی کے رخساروں پر جن میں ابھی تک خون کی چند بوندیں باقی تھیں ہلکی سی سُرخی دوڑ گئی۔

اس واقعہ کے ایک ہفتہ بعد امام مسجد جو قاری نور الہدیٰ کے نام سے یاد کئے جاتے تھے اپنا مختصر سامان جس میں ایک صندوقچہ، ایک چھوٹی دری اور مسئلے مسائل کی چند کتابیں شامل تھیں لے کر مسجد کے حجرے سے سید کی بیوہ کے گھر اٹھ آئے۔

صبح صبح شیر فروش کا لڑکا حسبِ معمول میر صاحب مرحوم کے بیوی بچوں کے لئے کوزے میں دودھ لے کر آیا اس کی آواز سن کر امام صاحب خود دروازے پر آ گئے۔

"میاں لڑکے" انہوں نے پُر وقار لہجے میں کہا "اپنے استاد سے کہنا وہ اب دودھ نہ بھیجا کریں۔ ہمیں جتنے کی ضرورت ہو گی۔ ہم خود مول لے آئیں گے۔ ہاں کوئی نذر نیاز کی چیز ہو تو مسجد میں بھیج دی جایا کرے۔"

منتخب یادگار افسانوں کا ایک اور مجموعہ

بامبے والا

مصنف : غلام عباس

بین الاقوامی ایڈیشن جلد منظر عام پر آرہا ہے